光文社文庫

文庫書下ろし／長編時代小説

出《で》紋《しぼ》と花かんざし

佐伯泰英

光　文　社

この作品は光文社文庫のために書下ろされました。

目次

第一章　杉坂のご神水　7
第二章　百年出絞　71
第三章　花の兄　135
第四章　萬吉の修業　198
第五章　かえでの迷い　264
終　章　328

出《で》絞《しぼ》と花かんざし

第一章　杉坂のご神水

一

山城国京《やましろのくにきょう》の都《みやこ》をふたつに分けて流れる、暴れ川鴨川《かもがわ》の源流は、北山《きたやま》の一角、霊峰岩屋山志明院《れいほういわやさんしみょういん》と称されるが、また別の流れの中津川《なかつがわ》だと主張する郷人《さとびと》もいた。いずれにせよこの界隈《かいわい》は山また山の奥山《おくやま》だ。石清水《いわしみず》があちらこちらから湧き出ていた。

岩屋不動《ふどう》と呼ばれる山寺《やまでら》志明院の境内には飛龍《ひりゅう》の滝の他に、二つの名無しの滝がある。滝とはいえ、ふだんは細い水が白い糸のように流れ落ちているばかりで、高さはどれも二間（約三・六メートル）から三間半（約六・四メートル）ていどだ。

かえではこの岩屋不動近くの郷、雲ケ畑《くもがはた》を流れる祖父谷川《そふたにがわ》を見下ろす「山小屋」に生まれた。父親の名は岩男《いわお》といい、岩屋不動から名づけられたと思われた。父親は山稼《やまかせ》ぎ（山仕事）をしながら、京の都へと流れる鴨川の水源のひとつ、祖父谷川の水守《みずもり》をしていた。

母親の千香《ちか》はかえでが物心つくかつかないうちに身罷《みまか》った、と聞かされていた。千香は北山からの流れがいくつも寄り合わさってひとつの川になって流れている、京の祇園社《ぎおんしゃ》の門前町に生まれたそうな。

「お千香は北山の女子《おなご》やないでな、山の暮らしに慣れんかった」

岩男は幼いかえでに時折り漏《も》らした。

父ひとり娘ひとりの一家には、ヤマと呼ばれる赤犬がいた。

かえでは歩けるようになると、岩男の仕事に従って、ヤマとともにどこへでも行った。

広く北山丸太《きたやままるた》と呼ばれる北山杉は室町応永《むろまちおうえい》年間にすでに生産されており、代々その植木技術が受け継がれてきた。

北山杉の育林《いくりん》は、「台杉仕立《だいすぎ》て」と呼ばれる独特な方法で、一本の株トリ木から数十から百本の幹を育てて、一つの株がひとつの森になるかのように更新されていくものだ。それは植林の回数を減らし、伐採《ばっさい》の時期を早め、緻密な杉材を作り出すことを可能にした。

北山杉が有名になり、売値が高くなったのは、千利休《せんのりきゅう》らが始めた茶の流行と関わりがあった。茶室の数寄屋造《すきやづくり》にこの北山杉の磨丸太《みがきまるた》が多く用いられたからだ。

北山は積雪《せきせつ》地帯である上に山間からの流れは水量が少なく、筏《いかだ》に組んで京に運ぶ舟運《しゅううん》には向かなかった。一方、京は北山から徒歩《かち》でも一日で辿りつける距離にあった。三尋《ひろ》(十五尺、約四・五メートル)のまっすぐに伸びた磨丸太ならば二本ほど、女衆《おんなし》が頭に蕎麦《そば》がらを詰めた袋輪《ふくろわ》を載せ、その上に載せて山道を京へ運ぶことができた。女衆らの稼ぎは磨丸太の重さで決まった。

この北山杉の磨丸太の集積場の中心が中河郷《なかごごう》、小野郷《おの》、梅ケ畑郷《うめがはた》であった。

雲ケ畑の集積場は、峠《とうげ》を西に隔《へだ》ててある三つの集積場より規模は小さかった。それでも岩男とかえでの親子が食っていける程度の山稼ぎはあった。

岩男は、「台杉仕立て」の大本、シロスギ母樹《ぼじゅ》を守る仕事も請け負っていた。しっかりと育ち続ける遺伝子の母樹からはやがて高級木材になる幹がまっすぐに伸びた北山杉が育った。

岩男が母樹を手入れする折りは、かえでと犬のヤマもいっしょに伴《ともな》われた。

北山地域は標高《ひょうこう》がせいぜい千八百余尺(五百五十メートル以上)の山並みながら、複雑な地形と谷で構成されていた。ためにツキノワグマ、鹿、猪《いのしし》、猿もいた。

岩男は山稼ぎの折りは、当人ばかりか、かえでにもヤマにも鈴を帯《おび》や首輪につけて熊などに人間がいることを知らせた。

さらにかえでとヤマをシロスギ母樹から見える場所に居させて、岩男の立剝《たちむ》き作業が終わるのを待たせた。伐採した丸太を立てたまま樹皮を剝くのが立剝きだ。

山稼ぎの暮らしは厳しい。だが、かえでは格別に寂《さび》しいとも思わなかった。物心ついた折りからの山暮らしだ。独《ひと》り遊びに飽《あ》きてくるとヤマと戯《たわむ》れたり、ヤマの体に抱きついて眠ったりした。

北山の冬は険《けわ》しい。

雪が山も郷も真っ白に染めて寒く山に入れないときは、雲ケ畑の集積場で女衆が収穫された丸太の木肌《きはだ》を砂で磨く仕事をした。北山杉を砂で磨くにはある言い伝えがあって、北山の山稼ぎはみなそのことを信じていた。

古《いにしえ》のことだ。

冬場の北山に遊行僧《ゆぎようそう》が紛れ込み、寒さと飢《う》えに倒れた。郷の人々はこの遊行僧に食事を与えて元気になるまで暮らさせた。

春が来て、遊行僧が北山の郷を発《た》つ折り、

「この北山杉じゃが、菩提《ぼだい》の滝壺《たきつぼ》の砂で磨きなされ。さすれば京の都にて今以上の値で売れよう」

と言い残していったとか。

山人《やまびと》たちが言われたとおりに滝の砂で杉の表面を磨いてみると、なんとも美しい光沢《こうたく》が現れて、磨丸太と呼ばれて高く取引されるようになったという。

菩提の滝は中河郷の南にあった。雲ケ畑から峠を越えて砂採りには行けないし、中河郷の住人はそれを許さなかった。ために雲ケ畑の女衆らは祖父谷川の名無しの滝の砂で磨いた。

春は山桜が咲いて、祖父谷川の土手の雪が溶けると可憐《かれん》な花々が咲いた。

かえでは名も知らぬ花々を摘《つ》んで首輪にし、ヤマの首にかけてやった。

「かえで、ヤマは牡犬《おすいぬ》やぞ、男が花の首飾りはおかしかろう」

突然山小屋を訪ねてきた従兄《いとこ》の萬吉《まんきち》が祖父谷川の土手でヤマと遊ぶかえでに言った。

「ヤマはおとこなんか、あにさん」

かえではヤマが牡か牝《めす》かなんて考えもしなかった。

「ああ、牡じゃ」

「でも、くびかざりをしたヤマはかわいいやろが」

萬吉はかえでより六つ年上だった。かえでは物心ついたときから萬吉あにさんと呼んできた。

ふーん、と鼻で返事をした萬吉にかえでが聞いた。

「うちになにしにきたん」

「おお、そのことか。岩男おじにな、京のことを聞きにきたんや」

と言い残した萬吉は山小屋に入っていった。かえではヤマといっしょに流れを見下ろす斜面に残った。萬吉は直《す》ぐに表に出てきた。

「おとんは、京のことを知っとるんか」

「かえでは知らんか。岩男おじは昔京で働いとったんやぞ。その折りにかえでのおかんのお千香はんと知り合《お》うたんや」

と言った萬吉が急に慌てて、

「ヤマの首輪の白椿《しろつばき》が似合うな、きれいやで」

と話題を変えた。

「言うたやろうが、ヤマは男でも花のくびかざりがにあうで」

「ああ、似合うな」

と萬吉が話を取り繕《つくろ》うように言った。

「おとんは京でなにしてたんや」

「かえでの生まれるずっと前の昔の話や、材木屋で働いとったそうや」

「ふーん、そんな昔の話を聞いてどうするん。萬吉あにさん」

「おれもそろそろ考えんとな」

「かんがえてなにをや」

「雲ケ畑に残るか、京に出て奉公するかをや」

「京にかようんか」

「京には通われへんわ。遠いしな」

「京に行ったらあにさんと会えへんか」

「ああ、いまのように毎日は会えんな。一年にいっぺんか二年にいっぺんやろな」

萬吉も奉公がどんなものか、よく知らないようだった。

「さびしゅうなるがな」

かえでの言葉に萬吉が話を変えた。

「かえで、京見峠から都が見えるで」

「きょうみとうげて、どこにあるんや」

「持越峠《もちこし》の向こうにあるわ。おれはこの前見てきたんや、峠から京の都をな。神社やら寺やら家がな、仰山《ぎょうさん》並んどったで」

「かえでも京のみやこを見たいわ」

しばし考えた萬吉が言った。

「よし、連れていってやるわ」

「ほんまやな」

「おお、ほんまや」

「あにさん、おとんはどない言うたんや」

こんどはかえでが話を戻した。

「岩男おじは、京に行くならあと三年待て、体ができてからな、決めても遅うはないて言うたわ」

「ほなら、峠から京を見にいこか」

「ああ、そうしよう」

萬吉は郷に戻っていった。

かえでは萬吉のひょろりとした後姿を見送りながら、

(おとんとおかんは京のみやこであったんや)

と思った。

夏はお天道《てんとう》様の光が山小屋を照らしつけて暑かった。

岩男は山稼ぎの合間に祖父谷川の流れに入り、枝木を拾い、葉っぱを箒《ほうき》で集めて流れをきれいにした。ときに萬吉が手伝うこともあった。

そんな折りもかえでは、岸辺にヤマと座って、父親と萬吉の水守仕事を飽きずに眺めていた。

岩男と萬吉が集めた枝葉が溜《た》まるとかえでは、竹籠《たけかご》に入れて山小屋に持ち帰り、地べたに広げて陽射しで乾《かわ》かした。枝葉は囲炉裏《いろり》や竈《かまど》で燃やして煮炊きに使った。

「おとん、なんで枝葉を拾うてまわるんや。かまどのまきにつかうためやろか」

かえでは普段から感じていた疑問を口にした。

「京には天子《てんし》はんがいはるやろが。都を流れる鴨川の水を、祖父谷川の流れで汚しちゃならんがな」

「てんしはんて、だれや」

「えらいお方や」

「おふどうはんのおぼうはんよりえらいんか」

「なんやて、天子はんと岩屋不動の坊主とを比べよるか。そりゃ、比べようもないわ」

岩屋不動の坊主は常に替わった。山奥の寺の貧しい暮らしに耐えられず、

「酒もまともに呑《の》まれへんところにおれるか」

と言い残して姿を消した。

山稼ぎしか働き口のない雲ケ畑は貧しくて、寺の和尚《おしよう》とて酒は弔《とむら》いの折りしか呑めな

かった。だから、かえでが会う坊さんはいつも顔が違っていた。近ごろは坊さんの代わりに寺守夫婦が暮らしていた。

「雲ケ畑で死んだ人間を持越峠に上げて弔いするんも、この流れを穢《けが》さないためや。それくらい天皇はんのいはる鴨川の流れを穢しちゃならん」

かえでは不意に頭に浮かんだことを口にした。

「おとん、京におったことがあるんか」

「だれに聞いたんや」

松葉箒の手を止めた父親が娘に聞いた。

「萬吉あにさんや」

「萬吉が言うたか」

「きいたんはうちや。わるかったか」

しばし流れの中で手を止めていた父親が、

「若いときのこっちゃ」

と応じると止めていた松葉箒を動かし始めた。

かえでは母親のことを聞きたいと考えたが、聞いてはいけんのやと思った。

「あにさんは、なんで京のみやこにいくんや」

「金を稼ぎたいそうや」

話題が萬吉に戻ったせいか、父親が娘に視線を戻した。

「山かせぎかて、銭《ぜに》はかせげようが」

「かえで、京は都や。商いも銭の動きもこの雲ケ畑とはえらい違いや。萬吉は、仰山《ぎょうさん》銭を稼ぎたいんやて」

「銭をかせいでどうするんやろ」

とかえでが呟《つぶや》いた。

「銭がありゃ、なんでも買えるがな」

ふーん、と鼻で返事をしたかえでが、

「おとんは、京でなにを買ったんや」

「わしか、何年も働いたが、雲ケ畑に戻り、岩屋橋を渡った折りには、懐《ふところ》に一文《もん》も残ってなかったわ」

と嘘か真《まこと》かそう告げた。

「おかんはどないしたん」

かえでの不意の問いに父親の顔が変わった。

「どないしたんて、なんのこっちゃ」

「京で知り合うたんとちゃうんか」

「萬吉が言うたんか」

「あにさんはいわへん、郷の人にきいたんや」

「かえで、おかんのことは覚えてへんやろ」

「おぼえてへん」

「ならばそれでええやないか」

「おとん、おぼえてへんのはおかしいやないか。うちのおかんや」

「死んだ、死にはった。それだけや」

と言い放った父親は、水の流れに手を差し込み、岩の間に挟まった杉の枝を摑《つか》んで岸辺に放り投げた。

その夜、山小屋の囲炉裏端で夕餉《ゆうげ》を終えたかえでは、父親の岩男に尋ねた。

「死んだおかんのもちもんはないん」

「なんも残ってないわ。この文《ふみ》があるだけや」

そう言って岩男はどこからか文を出してきてかえでに手渡した。

「うち、字がよめへん」

「読めるようになったら読め。郷の人間は勝手なことを言うだけや、なにも知らへん」

とこの話題を打ち切るようにかえでの手に押し付けた。

かえでが生まれたのは秋だ。

(だれがかえでという名をつけたんやろ)

とかえでは思った。

爺《じじ》も婆《ばば》も、その顔をかえでははっきりと知らなかった。

岩男の山小屋は、一軒だけ雲ケ畑の郷から離れてあった。

(なぜうちだけ離れた山小屋に住んでいるんやろか)

雲ケ畑の郷を楓《かえで》が真っ赤に染めるころ、竹籠を負った萬吉が京見峠に連れていってくれた。岩男を萬吉が説得してくれたのだ。

「おじき、おれは持越峠から京見峠までの鷹峯街道《たかがみねかいどう》の道をよう承知や、かえでに怪我《けが》などさせん」

「冬眠する前の熊が出るぞ」

と嫌がる岩男に、

「おれもかえでも熊よけの鈴をつけていく。それに松明《たいまつ》を灯《とも》して竹槍《たけやり》も持っていくぞ」

「熊と戦う気か、いちばん危ないやないか」

「万が一のときのことや」

萬吉は雲ケ畑の子どもの中でも体が大きく、八歳を超えた折りから山稼ぎを始め、北山の山群のことはよう承知していた。北山界隈にはツキノワグマ、鹿、猪、猿など野生動物が棲《す》んでいた。

「萬吉、ヤマも連れていけ」

「犬がいると熊がかえって暴れはせんか」

「ヤマは熊の扱いに慣れとる」

ようやく岩男がかえでの京見峠行きを許してくれた。

鈴をつけたふたりと犬のヤマは、うす暗い未明に雲ケ畑の集落を少し川沿いに下ったところにある出合橋《であいばし》を渡って持越峠の山道に入った。

カランカランと鈴の音《ね》が山道に響いて、東の山並みが少しずつ明るくなってきた。松明を吹き消した萬吉が、燃えていた松明の先っちょを峠道の斜面の土に突っ込んで消し、火事が起こらぬようにした。

「どうだ、かえで。疲れへんか」

「つかれとらん、おとんの山稼ぎについていくで、山歩きはなれとる」

「うん、よしよし。そろそろ持越峠の墓を通るで」

萬吉が告げたとき、かえではふと持越峠の墓に、婆様の弔いに従ったことをかすかに思い出した。小さな骸《むくろ》を山に掘った穴に埋めた光景をだ。

「うちは婆さまのとむらいにいったな」

「おお、行ったぞ。おれはよう覚えとる」

六つ年上の萬吉が言った。

「あにさん、婆さまの弔いはおもいだした、おぼえとったわ。けどな、おかんの弔いは知らん」

かえでの突然の言葉に萬吉が黙り込んだ。

「おかんの墓はもちこし峠やないのか」

「お千香はんは余所者《よそもん》やけな。持越峠やないかもしれん、おれもよう覚えとらん」

萬吉がこの話題にふたをするように、

「かえで、腹は減らんか」

と竹籠を下ろす仕草をした。

「おとんが干し柿をもたせてくれた、あにさんの分もあるえ、食うか」

かえでが背に負った風呂敷を指した。

「いや、一日歩きになる。峠を越えてから食おう」

とまだ腹は減っていない様子の萬吉は答えた。

「おりゃ、猪肉の味噌煮《みそに》と握り飯を持っとる。かえでのぶんもあるぞ」

萬吉の家は雲ケ畑の山稼ぎの頭《かしら》で、古い茅葺《かやぶ》きの家だ。かえでの家より内所《ないしょ》が豊かだった。

東山から陽が射してきて峠の楓が真っ赤に染まった。

「きれいやな」

「ああ、楓が赤く色づく季節は山が明るうなるわ」

と萬吉が言ったとき、ヤマの背の毛が緊張で立った。

「近くに熊がおるわ、おれらの食い物に眼をつけとる」

と言った萬吉が鈴を手に取ってカランカランと激しく鳴らした。かえでも真似た。

しばらくその場に立ち止まっていた萬吉が、

「よし、熊の気配が消えた」

と言い、ヤマも落ち着きを取り戻した。

持越峠から善福谷に下りてだらだらとした山道を下った。すると谷間《たにあい》の山家《やまが》の塀《へい》に丸太がきれいに並んで陽射しに浮かんでいた。

「あにさん、白うてうつくしいな」

「おお、北山丸太はどれも同じように白くてよ、まっすぐで美しいわ」

皮剝きした北山丸太の背に縦に鋸《のこぎり》で溝《みぞ》を穿《うが》つ背割れをして天日《てんぴ》でひと月ほど乾燥させる。内部に含んだ水を二割ほど乾かすと、かえでが言うきれいな丸太になる。

「かえで、杉坂の水場でひと休みするぞ。かえでは岩男おじに従って山稼ぎに行くで、なかなか足腰が鍛えられとるわ。雲ケ畑に、その歳《とし》でおれに従ってくる女子は他におらん」

と褒《ほ》めてくれた。

「すぎさかの水は雲ケ畑の水よりうまいんか」

「かえで、京のな、茶人《ちゃじん》が杉坂の水を汲《く》みに来るほどや、うまいに決まっとるやろ。あと半里（約二キロ）もないで」

と言った萬吉が竹槍を山道に突き刺して残した。もはや熊が出る山道を下りて郷に入ったからだ。

二

杉坂の郷を過ぎた辺りで、白木の大桶《おおおけ》を六つも積んだ二頭の馬と、男女数人の人影が見えた。この界隈の山稼ぎの郷人ではなかった。

衣装と言葉遣いからみて、京の都から杉坂の水を汲みに来た人間やと萬吉は思った。

「あれがすぎさかの水か、あにさん」

「おお、杉坂の船水《ふなみず》いうてな、ご神水や」

「あの人ら、なにしてはるん」

「京の料理茶屋の奉公人が船水を汲みに来たんと違うやろか」

と萬吉が言った。

水の守り神か、野地蔵が祠《ほこら》に入っておられ、その前に木樽《きだる》が二つ献上《けんじょう》されていた。萬吉は都《みやこ》の酒だと思った。

「あにさん、水は雲ケ畑でもようけでるで」

「かえで、飲んでみいや。うちの郷の水との違いがわかるわ」

そんなふたりの問答を聞いていた馬方《うまかた》が、

「兄《にい》やんら、岩屋不動の山稼ぎの子か」

と、どことなく見下した言い方で質《ただ》した。

「おお、不動はんの近くの雲ケ畑の人間や」

「ならば鴨川の水源《みずもと》と違うか」

「そやそや」

「兄妹《きょうだい》かいな、愛《あい》らしい娘はんやわ」

かえでが初めて見る艶《あで》やかな衣装を着た、髷《まげ》に錺《かざり》をつけた女人が言った。形《なり》は打掛《うちかけ》姿で草鞋《わらじ》がけの旅仕度だ。

「女将《おかみ》はん、鄙《ひな》まれの娘《こ》どすな、けど京の娘にはかないまへんで」

と馬方が応じた。

「馬方はん、京の娘ばかりが愛らしいとはかぎりまへん。娘はん、名はなんや、歳はいくつや」

「かえで、六つや」

「かえではんか、美しい名やな。七、八年してみいな、この赤紅葉《あかもみじ》のようにな、艶やかで高尚《こうと》な娘《いと》はんに育ちますえ」

とその大店《おおだな》の女将と思《おぼ》しき女がかえでを見て、

「うちはな、祇園《ぎおん》のお茶屋花見本多《はなみほんだ》の女将の桂木《かつらぎ》どす。あんたはんら、竹籠負《お》うてどこに行かはるんかいな」

とふたりに関心を示した。

「女将はん、かえではわての従妹《いとこ》や。京の町が見たいと言うよって、京見峠に連れていくとこや」

「六つでよう歩きはるな。京見峠までまだ山道が残ってますがな。帰り路《みち》は大丈夫かいな」

「わてら、馬方はんの言うように山稼ぎの子や、北山の道に慣れてます」

と応じた萬吉が青竹から流れる水を柄杓《ひしゃく》に取ってかえでに飲ませた。

かえではごくりごくりと喉《のど》を鳴らして杉坂の船水を飲み、

「あにさん、ほんまやわ。雲ケ畑の水よりやわらこうてあまいがな」

とにっこりと笑った。

「そやろ、杉坂の船水は、こうして馬仕度で京のお茶屋はんが汲みに来はるほどの名水《めいすい》なんや」

と応じた萬吉が竹筒から流れ出る水をそこらにあった竹桶に汲んでヤマに飲ませた。こちらもかえで以上に喉を鳴らして飲んだ。最後に柄杓で萬吉が飲み、

「ここんとこ晴れが続いとったさかい、杉林の土の下を流れてきた水がいいあんばいに飲みごろや」

と言った。

「従兄はんはいくつや」

「かえでより六つ年上、十二や」

ふっふっふ、と茶屋の女将が笑った。

「あにさんは十二歳かいな。京を承知やろな」

「女将はん、京見峠から見る京の都しか知らん。けど、かえでの親父《おやじ》は京でむかし奉公していたんやて。せやから京で奉公するんを相談しに行ったら、三年待てと言われたところや、まだ早いて」

「かえではんのお父はんの言うとおりや。京でなんの奉公がしたいんや」

「あにさんは、都でな、ぜにもうけしたいんやろ」

とかえでが口を挟んだ。

女将がこんどは大笑いして、

「京の都で銭もうけ、難しゅうおすえ」

と萬吉に言い添えた。

「かえで、おまえの親父がしつこくなんやかんやと質すからそう答えただけや。おれは京で職人に、大工《だいく》になりたいだけや」

と萬吉ははっきりと答えた。

「女将はん、鷹峯の京見茶屋で旦那《だん》はんが待ってはりますがな。そろそろ行きまへんと」

と馬方が女将に催促《さいそく》した。

「あんたら、先に行きいな。うちら、このふたりと京見峠までぶらぶらといっしょするがな」

と女将が命じた。

へえ、と応じた馬方ら三人の男衆《おとこし》が二頭の馬に積んだ水桶を揺らさないように京見峠へと向かってゆっくり進み出した。その場に残ったのは女将と小女のふたりと、萬吉にかえで、犬のヤマだ。水守の老婆を呼んだ女将が、なにがしか銭を渡して小声でなにかを告げた。

「女将はん、わてらはここで弁当を使いますよって、馬といっしょに先に行ってくれまへんか」

「なんや、昼飯持ちどすか」

「わては猪肉の味噌煮と握り飯や。かえでは干し柿を持ってます」

「用意がええな。さすがは雲ケ畑の人や」

と感心した女将が、

「あにさん、京見峠の下に茶屋があるのんを承知かいな。うちの旦那はんが待ってますねん、どうせ、酒呑んでますがな。うちら、そちらで昼餉《ひるげ》を食して京に帰ります。あんたらもうちらといっしょしような。お弁当は帰り道に食べなはれ」

「わてら、一文も銭持ってまへん」

「あにさんは正直や。若いあんたはんらが、昼餉のお足のことを案じることおへん。ただ話がしたいだけなんや」

と言うのに萬吉がかえでを見た。

「はじめて会《お》うた京の人にごちそうにはなれへんな、あにさん」

「かえではん、うちは名乗りましたえ。ふたりの名も、萬吉はんにかえではんやろ、うちはもう承知や。何年かのちにあんたらが京に出てきたとき、なんぞうちらが役に立つかもしれまへんで」

桂木が幼いふたりを誘惑《ゆうわく》するように話し掛けた。

「そやわ、きょうみ峠から都をみて、雲ケ畑に帰りますやろ。けど、いつの日かおかみはんのところをたずねることがあるかもしれんな。うちら、だいじなお方と知りおうたんとちがうか」

「かえでも京で奉公したいんか」

萬吉がかえでに質した。

「うち、おとんとおかんがどうして京の都で会《お》うたのかしりたいだけや」

桂木がどういう意かという表情で萬吉を見た。

「女将はん、かえでは小さいころ、お母はんのお千香はんを亡くしたんや。それで京のことが知りたいと言うんや」

「かえではんはお父はんとふたり暮らしなんか」

「ふたりぐらしと違います、ヤマもいます」

ととぼとぼと従う犬を指した。

「さようか、ふたり暮らしは寂しいな。六つで食い物の仕度はだれがしますんや」

「前は、おとんがしてました。山かせぎの折りはせわしいよってうちがします」

「かえではんは賢《かしこ》いな」

「へえ、かえでは利口や」

と萬吉がかえでの代わりに答えた。するとかえでが言い添えた。

「けど、うち、字もかけへんし、よめへんわ」

「山稼ぎの子に字は要《い》らんやろ」

と萬吉がかえでに応じた。

「萬吉はんやったな。なんの職人になるのにも読み書きは要ります。雲ケ畑には読み書きのできる人はいはりまへんか」

と桂木がふたりに尋ねた。

「雲ケ畑に読み書きできる賢い人はおらんな。なんせうちらは山稼ぎや、北山杉を育てて磨いているだけや」

と萬吉が言い、かえでが考え込んだ。

「なんぼ考えてもおらん。字ぃ書けても、教えてくれはる人なんておらんな」

萬吉が繰り返した。

「いや、あにさん、いてはるわ。むらおさはんのよめはん、字がかけるときいたで」

「おお、あの嫁はんな、上賀茂《かみがも》神社の巫女《みこ》さんしとったんや、雲ケ畑で代書屋《だいしょや》できんのは、お茂《しげ》はんだけや」

「あにさん、さとにかえったら、おしげはんにたのんでみよか」

「村長《むらおさ》の六紅《ろくこう》はんは、けちんぼやで。うちらから教え代取るんちゃうか」

「そんときはあにさん、そんときや」

かえでが言い切った。

ふたりの問答を聞く桂木は微笑《ほほえ》みっぱなしだ。

いつの間にか山道が右に曲がり、下っていた。

「おお、もう京見峠についとるがな、かえで」

「どこが京の都や」

「ほれ、見い。黄色に色づいた銀杏《いちょう》やら赤い楓の向こうに町並みが見えるやろが」

山の斜面に楓や銀杏の木々が色どりあざやかに重なっていた。小さなかえでには木々の幹しか見えなかった。

「あにさん、うち、小さいよって見えへんがな」

うむ、と言った萬吉は竹籠を下ろすと、

「ほれ、かえで、後ろ向きや」

と背に回り、ひょいとかえでの体を持ち上げ、肩車をした。

「どうや、これでも見えんか」

「あにさん、見えるわ。あれが京の都やろか」

とかえでが指さした。

「船山《ふねやま》の向こうに上賀茂神社の森やら神社の屋根やら見えんか、ともかく仰山家並みが見えたら京の都やがな」

かえでは萬吉の肩車でじいっと京の都を凝視した。

桂木は、実の兄妹よりも仲のよいふたりの間柄になぜか暗い翳《かげ》を見ていた。

「ぎおんのお茶屋のおかみはん、かえで、京の都でほうこうします。そやよって、雲ケ畑に戻ったら、よみ書きをおしげはんにたのんでみます」

「そうしなされそうしなされ。よろしおすか、萬吉はん、かえではん、京に来たらうちを訪ねなはれ。うちの旦那はんが必ずやふたりの望みをかなえてくれますよってにな」

「はい」

「お願いします」

とふたりが返事をしてヤマが、わん、と吠えた。


ふたりはこれまで見たこともない食い物を馳走《ちそう》になって満足し、揃って挨拶した。

「旦那はん、女将はん、ご馳走さんどした。気ぃつけてお帰りやす」

「萬吉はん、かえではん、あんたらこそ、山道や、気ぃつけるんやで」

「女将はん、心配いらんわ。日が暮れたら杣小屋《そまごや》がどこにあるか知ってます。そこに泊まって明日の朝、雲ケ畑に帰りますわ。おかげさんで食いもんにも手つけへんで竹籠に残ってます。ヤマにも食わせます」

萬吉が、花見本多の主《あるじ》の五郎丸左衛門《ごろうまるざえもん》に聞かされた京の大工の話に感動した様子で言った。だが、内心では一刻《いっとき》（二時間）ほど予定より時を使ったことを気にしていた。

「さいなら、おかみはん」

「かえではん、うちの茶屋の名と町の名を書いた紙、ちゃんと持ったな」

「もちましたわ。ぎおんはなみほんだ、おぼえたわ」

「かえではんはやっぱし賢いわ。京の祇園社の門前で茶屋の花見本多というたらだれもが承知や、見つけられんことはおへん」

と別れの言葉を交わし合い、鷹峯街道の京見茶屋の前で左右に別れることになった。

杉坂の船水を入れた木桶を積んだ馬は、花見本多の主夫婦らより半刻《はんとき》ほど先に京に向かって出立していた。一方、主夫婦は京見茶屋に待たせていた駕籠《かご》に乗って、鷹峯街道を下っていった。

萬吉とかえでは男衆と女衆を従えた駕籠が見えなくなるまで見送って、手を幾たびも振り合った。

「かえで、もどろか」

駕籠の姿が見えなくなっても見送っていた萬吉がぽつんと言うと、京見茶屋の前から雲ケ畑に向かおうとした。すると花見本多の主夫婦を萬吉とかえでとともに見送っていた京見茶屋の老婆が、

「あんたら、雲ケ畑の山人やてな。途中で日が暮れるで」

と案じてくれた。

萬吉が西に傾いた陽射しを見て、

「そやな、持越峠の杣小屋で泊まることになるわ。おれもかえでも杣小屋に泊まるんは山稼ぎで慣れてます」

と言うと歩き出した。

急ぎ足になった萬吉はしばらく無言で歩いた。

「あにさん、おくれてもうたな」

「京見峠で都を見るだけの山歩きが花見本多の旦那はん方に馳走になったがな、一刻以上も遅れてしまったわ。今晩は峠の杣小屋で泊まりやぞ」

「あにさん、うちのおとんに言うてきたんやろ、泊まりになるかもしれんて」

「おお、一応岩男おじに断ったで、おそうなったら杣小屋に泊まる言うてな。もっとも覚えているか知らんがな」

「ならば、あんしんでええやないの。かえでは杣小屋に泊まるんはなれとる。ヤマもおるであんしんや」

ああ、と応じた萬吉にかえでが、

「ええ日やったな」

と言うと萬吉の足がゆっくりとなり、

「ああ、ええ日やった」

と自分に言い聞かせるように呟いた。

かえでは、萬吉が京の大工の話を茶屋の旦那はんに聞いてほっとしたんやと思った。

「そやそや、だんはんはみやだいくのとうりょうをしっとるて、言いはったわ。はなみほんだもとうりょうがひとりで建てたんやて」

「かえで、宮大工《みやだいく》て、わかるか」

問答の中で覚えた言葉を安易《あんい》に使うかえでに、萬吉が質した。

「ようしらんわ」

「棟梁《とうりょう》はどうや」

「だいくはんやろ。うちらの北山杉をつこうてみせをたてはった人や」

「宮大工は大工の中でもいちばん技のある職人で、その頭を棟梁ちゅうねん。ええか、かえで、棟梁はひとりで寺もお茶屋も建てられへんわ。その代わりな、棟梁は何十人もの大工を使《つこ》うてはるんや。花見本多を建てはったんは、祇園社にも関わりがある棟梁やて」

途中の杣小屋で泊まることを決めた萬吉は、京見茶屋での話を思い出したか、興奮の体《てい》で言った。

「だんはんのはなみほんだはおおきいみせやろな。さいぜんごちそうになった京見茶屋よりおおきいやろな」

「かえで、京見峠から見たやろ、馬で杉坂の船水を汲みに来るお茶屋やで、旦那はんと女将はんは駕籠を待たせとったがな。分限者《ぶげんしゃ》やで」

「ぶげんしゃってなんや」

「大金持ちのことや。最前の京見茶屋とは比べもんにならんわ。宮大工の棟梁が建てた店《たな》やて、えらい立派なお茶屋やで」

最前の問答を思い出して繰り返すふたりは、杉坂の神水を竹筒に注いでいくことにした。

杉坂の郷人か、通りかかった男がふたりを見た。

「あんたら、犬連れてどこへ行くんや」

「わてら、雲ケ畑の人間どすわ」

「これから山道に入って持越峠を越える気ぃかいな。秋の時節は日暮れが早いわ、まだ熊もうろうろしとるで。危ないわ」

「心配いらん。わてら、山歩きは慣れてます。持越峠の杣小屋で泊まるつもりどすわ」

そこへ水守の老婆が姿を見せて、

「兄やん、これから峠越えかいな。気ぃつけて行くんやで」

と声をかけてくれた。

「だいじょうぶや。なあ、あにさん」

とかえでが同意を求めた。

「かえで、杣小屋泊まりやぞ」

「うち、ひとりでヤマと家に寝ることもある、あにさんがおればあんしんでええわ」

「よし、なんとしても持越峠の杣小屋までたどりつくで」

「途中で暗《くろ》うなったらどないすんのや」

さらに水守のお婆が案じた。

「杣小屋までならたどりつけるわ。背中の竹籠に、食いもんも火打ち石も小割りも松明も入れとるがな。杣小屋には山稼ぎや弔いの折りに泊まるために綿入《わたい》れもあるで」

持越峠の杣小屋は、山稼ぎの折りに使うだけではない。雲ケ畑の住人が身罷った折りに弔いをやる場所でもあった。

「兄やん、あれこれ承知やな」

「ふだん山稼ぎの手伝いしとるさかい、杣小屋に泊まるくらいへいちゃらや」

と萬吉が言い切った。

「そんでも気ぃつけていきや」

と繰り返し注意した老婆が献上された木樽の酒をひとつ萬吉に差し出し、

「これな、お父はんに土産《みやげ》や。京の女将はんの贈りもんやで、竹籠に入れて持ってかえり

「えっ、女将はんがうちらに酒をくれはったんか」

萬吉は女将が水守の老婆になにがしか銭をやって杉坂のご神水に献上した酒のひと樽をふたりに渡すように命じたことを知った。

「そや、女将はん、あんたらが気に入ったんと違うか」

老婆が萬吉の竹籠に酒を入れた。

「おおきに」

かえでが礼を述べてふたりは持越峠の山道に向かって歩き出した。

三

いつの間にか、萬吉は手に熊よけの竹槍を手にしていた。行きに杉坂の郷の外れに残していったものだ。ふたりとヤマの鳴らす鈴の音が暗くなり始めた山道に響いた。

「はじめておうた人におひるもごちそうになったな、お酒ももろうた。どないしてやろ」

「花見本多の女将はんな、かえでが気に入ったんや」

「うちより萬吉あにさんを気にいったんとちがうか」

いな」

うーむ、と萬吉が唸《うな》った。

「えろうせわになったわ」

「ああ、世話になった」

「京までもどりついたやろか」

「あちらはんは杉坂の船水は馬、旦那はんと女将はんは駕籠や、おそうなっても町中に着くやろ。かえで、おれら、急がんと真っ暗の中歩くことになるがな」

秋の日暮れが一気に峠道を覆《おお》ってきた。

「最前のさとにもどろか」

かえでの声に不安があった。

「かえで、ちゃんと杣小屋までたどりつくわ。おれの帯をつかんでおれ」

と萬吉がかえでの手を取って帯を摑ませた。

ヤマがふたりの先に立つと案内するように早足で歩いていく。するとヤマの首に付けた鈴がちりんちりんと鳴った。その音に導かれるようにふたりも急ごうとした。だが、かえでの足はもはや疲れ果てていた。足を引きずっているのが萬吉には分かった。

「ヤマ、ちいと待て」

と犬を呼び止めた萬吉が腰を屈《かが》めて、

「かえで、肩車したるわ」

「あにさんはかごをせおうとるやろ」

「ええからおれの肩に足を載せい」

萬吉に命じられるままにかえでは肩に乗った。

「よし」

と自分に気合をかけた萬吉は竹槍を支えに立ち上がると、

「かえで、しっかりとおれの額《ひたい》に手を回してつかまれ」

と命じ、

「ヤマ、道案内せえ、持越峠の杣小屋はもうすぐのはずや。かえで、峠のことは覚えてへんのか」

赤犬に声をかけ、かえでに聞いた。

「うち、昼ましかしらへん。夜はようおぼえてへんわ」

「峠の道は覚えてへんか」

「ばばさまのとむらいに来たけど、道はおぼえてへん。とむらいのこともすこししかおぼえてへんわ」

「おれは覚えとるわ。岩男おじがわあわあ泣いとったわ」

「うそやろ。うちのおとんがなくはずはなかろ」

「いや、泣きはったがな」

「萬吉あにさん、うちのおかんはおったんか」

「う、うむ、お、お千香はんか」

と応じた声がはあはあと弾《はず》んでいた。背に酒や水や昼飯を入れた竹籠を負った上にかえでまで肩車をしていた。

「かえでのおかんは婆様より前に死んだんと違うか。おれもよう覚えてへん」

と萬吉が答えたとき、ヤマがわんわんと吠えた。

持越峠に辿りついていた。杣小屋は左手の岩場のすぐねきにあったわ。ヤマ、よう分かったな」

「おお、助かったわ。杣小屋は左手の岩場のすぐねきにあったわ。ヤマ、よう分かったな」

と萬吉がヤマを褒めた。

「萬吉あにさん、杣小屋にだれもおらんな」

「灯りは見えん、だれもおらんやろ」

と言った萬吉が竹槍を支えに腰を屈めてかえでを暗い地面に立たせせた。ついでに竹籠もその場に下ろした。

「おおきに、あにさん」

「かえでは未《ま》だ六つや、一日で京見峠までの往来は無理やったな」

「ちがうわ。あの茶屋におったときがよけいやったんや。そんでくろうなったんや」

「おお、暇がかかったんは京見茶屋のせいや。けどおれとかえでは、京の分限者に知り合《お》うたがな、えらいこっちゃで」

「そやそや、萬吉あにさんもかえでも京ほうこうにでるときな、てだすけしてくれると、だんはんもおかみはんもいわはったわ」

ヤマとかえでを杣小屋の内側から閂《かんぬき》がかかった表戸の前に残した萬吉は、月明かりを頼りに裏に回り込み裏戸にかかった閂を外すと、暗がりの土間に歩を一歩ずつ慎重に進めて表戸にたどり着き、押し開けた。

「かえで、ヤマ、小屋の中に入れ、真っ暗がりや、動くんじゃないぞ」

と命じた萬吉は竹籠も運び込んで、暗がりの中で竹籠の荷を、

「昼の弁当や、杉坂の水もあるがな。おお、京の上酒もあるで」

と次々に出して土間の足元に並べ、火打ち石と小割りを手探りで出すと、囲炉裏端に行き、火を点《つ》け始めた。

北山に暮らす山稼ぎは、どんな場所であっても、一寸先も見えない暗がりでも、即座に

火を点けなければ一人前に扱ってもらえなかった。それに雲ケ畑では毎夏、「松上《まつあ》げ」と称する火祭りがあった。火は水と同じように大事なものだった。

萬吉は山稼ぎの手伝いを八つの折りからしていたから、火点けはお手のものだ。たちまち小割りに火を移した萬吉が、板の間と土間に設《しつら》えられた囲炉裏の隅に積んである丸太を皮剝きにした薪《たきぎ》に火を点けた。

北山の杣小屋ではいつなんどきでも囲炉裏をすぐに使えるようにしておくのが、山稼ぎの礼儀であり、習わしだった。薪の乾いた木肌にはすぐに火が点き、小枝から萬吉の腕ほどもある太い枝に火が移ると、炎《ほのお》が大きくなっていった。

かえでは杣小屋が炎に浮かび上がってくるとほっとした。すると急に草臥《くたび》れたと思った。だが、そう口にはしなかった。

持越峠の杣小屋の囲炉裏は、広い板の間に三方に切り込まれてあり、もう一方が土間に接していた。

「かえで、もう安心や。おれが夕餉をつくるでな」

「萬吉あにさん、昼にごっそうたべたがな。そうはらはへっとらん」

「杣小屋ではな、温かいもんを作って食わんと、元気が出んぞ。今日はよう歩いたわ。かえで、土鍋がどこぞにないか。杉坂の船水で握り飯をおじやにするぞ」

かえでは囲炉裏の炎の明かりで土鍋を探した。真っ黒にこげた土鍋には鉄の取っ手がついて、土間の壁にかかっていた。

「あにさん、手がとどかん」

とかえでが言った。

「そうか、六つのかえではちびやでな」

と言った萬吉が壁に吊《つ》るされた土鍋を取るとかえでに渡した。十二歳の萬吉はすでに五尺四寸（約百六十四センチ）は背丈があった。

「囲炉裏端に持っていけ」

「あにさん、水を入れてええか」

「入れや、ご神水やで、うまいおじやができるで。ヤマにもやるからな、囲炉裏端で待っちょれ」

と萬吉がヤマに声をかけると、炎に安心したかヤマは囲炉裏下の土間に座った。そこが段々と温かくなることを、ヤマは山稼ぎに連れてこられて承知していた。

萬吉が昼に食べるはずだった握り飯を竹皮包みから出した。三つほどある握り飯はかえでの家では滅多に食べることのない白飯だった。猪の味噌煮や青菜《あおな》漬《づ》けまであった。

萬吉は山稼ぎの手伝いで昼餉をつくらされるから、おじやをつくる手際もよかった。かえでが承知なのは、川で水遊びしたり釣りをしたりする兄貴分の萬吉だった。だが、今日の萬吉はほんまもんの「あにさん」だった。

「あにさん、ほんとに京でだいくのとうりょうになるんか」

「かえで、いきなり棟梁にはなれんわ。何十年も奉公しても大工で終わるもんが多かろう。おれは北山の磨丸太を使う仕事がしたいんや。花見本多の旦那《だん》はんが言わはったように宮大工の棟梁は代々仕事や、おれは宮大工の職人でええ。ええ家や寺や神社をつくる大工のひとりになりたいだけなんや。銭などどうでもええ」

萬吉ははっきりと言い切った。

「どうして大工なんや」

「二年前か、洞谷寺《とうこくじ》で本堂の修理をする年寄り大工を見たんや。かえでは鉋《かんな》を知らんやろ、桁丸太《けたまるた》を一気に削ってな、一枚の長い紙のようにする技にな、驚いたわ。山稼ぎより大工仕事がおもしろいと思うたんや」

萬吉の言葉には行く末を決めた者の潔《いさぎよ》さがあった。

「あにさんならきっとなれるわ」

土鍋のおじやに猪肉の味噌煮も入れられて、美味《おい》しそうにぐつぐつ煮え出した。

萬吉が土間からどんぶり二つと罅《ひび》の入った皿、箸を二膳にしゃもじを持ってきた。

「ヤマはあんまり熱いのは食えまい。先に取っておこう」

土鍋からおじやをしゃもじでたっぷりと鋳皿に取り分けて囲炉裏端で冷ました。

「かえでは、京になにしに行くんや」

「まえに言うたがな、うちは京のこと、なにも知らへん。雲ケ畑のはずれの、山小屋のくらししか知らんがな。今日な、京見峠までいってな、知らんことばかりやと思うたがな。でもな」

とかえでは言葉を止めた。

萬吉がどんぶりにおじやを取り分けて、かえでの前に置いた。

「青菜漬けも食べや」

「うん」

かえでは箸を握った。どんぶりに手をかけたが食べようとはしなかった。なにか考えていた。

萬吉はどんぶりにたっぷりとおじやを入れると箸を握り、ふうふうと吹いた。

「ちょっと待て」

とかえでに言った萬吉が土間にいるヤマの前に冷ましたおじやを置いた。昼間食べなかったせいか、ヤマが大きな音を立ててかぶりついた。

囲炉裏端に戻ってきた萬吉が改めてどんぶりと箸を握ると、ヤマのように旺盛《おうせい》に啜《すす》り込んだ。そして、

「かえで、うまいぞ」

と言った。

黙って頷《うなず》いたかえでがどんぶりのおじやを啜り、にっこりと笑った。

「どうした」

「今日は雲ケ畑の松あげのまつりみたいや。ひるま、名を知らんごっそうを食べてな、いまあにさんのつくってくれたおじやや。二へんもりっぱなくいもんをたべとる」

「ああ、今日は妙な日やったわ」

「みょうな日てなんや」

「格別な日と違うやろか。人の出会いは不思議や、かえでとふたりして京見峠に行くとだれが決めたんや。杉坂の水場で京から来はった茶屋の女将はんとたまさか会《お》うたんはどうしてや。初めて会うた旦那はんに京見茶屋で馳走になり、京の酒まで頂戴《ちょうだい》したがな。これは杉坂の水の神様が作ってくれはった縁と違うか」

うんうんと頷いたかえでだが、萬吉の言うことの半分も分からなかった。だが、なにかふしぎな縁で結ばれているということは分かった。

「あにさん、今日あったことをあした、雲ケ畑に帰って話すんか」

「なんも悪いことはしとらん」

と言った萬吉だがしばらく黙って考えた。

「京の人に杉坂の水場で会い、京見茶屋で昼飯を馳走になった、そして、土産に酒をもらったことは話すしかあるまい」

「そや、話したほうがええわ」

「せやけど、京の奉公話やら馳走になった旦那はんは茶屋の主やなんて、いまは話さんほうがええと思う。どや、かえで」

「あにさん、それがええわ。けどもうひとつあるわ」

「秘密がまだあるか」

「よみかきをならう話や」

「奉公には大工であれなんであれ、読み書きは要ると女将はんが言いはったな。村長の嫁はんに願うのは、しばらく待ったほうがええんと違うか。おれが京で奉公するために読み書きを習うことになったら、山稼ぎの手伝い仕事もできんぞ」

「あにさん、山稼ぎのてつだいってお金がもらえるんか」

「おれは何年も働いとるさかい、いくらかにはなっとるはずや。銭は親父の懐に入っとる」

「あにさん、山稼ぎのてつだいは続けたほうがええな。よみかきを習うことになってもそのほうがええわ」

「かえではおれの半分の歳で賢いな。花見本多の女将はんの言うとおりや」

「はなみほんだのおかみはんのことはないしょや」

「ああ、ふたりの秘密やぞ」

「あにさんの奉公がきまる折りまでな」

「ええで」

とふたりの間で約定がなった。

翌朝早く、萬吉はかえでとヤマを伴い、祖父谷川の山小屋に帰った。

「どないしたんや、萬吉」

「すまん、持越峠で真っ暗になってな、杣小屋に泊まったほうが安全と思うたんや」

と前置きした萬吉は杣小屋で打ち合わせたとおりに遅くなった曰《いわ》くを説明した。

「なんやて、京の人間に京見茶屋で昼飯を馳走になったてか。なんぞ曰くがあるのと違うか」

「京の分限者や、何人も奉公人をつれて杉坂の船水を馬に積んだ木桶に汲んではったわ。京を知らんかえでを見てな、京見峠までいっしょしたら昼飯を馳走するというんや。おれもかえでも断ったんや、昼飯持ってるていうてな。けど、京見茶屋の女将はんも、『決して怪しいお方やない、鴨川の水源から峠越えしてきたあんたはんらに感心してはるんや。杉坂のご神水で商いをしてはる京の旦那はんと女将はんや。黙ってご馳走になりいな』というてなんべんも勧められて断れるか」

「萬吉、かえでは六つやぞ」

「言われんかてよう知ってるがな」

と言った萬吉は角樽《つのだる》を岩男の前に出した。

「なんや、これ」

「京の旦那はんと女将はんが杉坂の船水に献上された酒や、『あんたらのおとんに』ってもろうたんや。おじきは呑まんか」

「な、なに、こないな酒、見たことないで。酒は呑むがな。けどおまえの親父に持ってかんでええんか」

「親父はこの話を知らんがな。かえでのことで心配をさせたんは岩男おじや。呑みとうないんなら、うちに持って帰ってもええ」

「ま、待て、萬吉。相手は分限者じゃな」

「ああ、二月《ふたつき》に一度は杉坂の船水を馬で汲みに来はるほどの大分限者や。京で造られた上酒らしいぞ、なにしろ杉坂の地蔵様に献上された酒や、縁起がええのと違うか」

「杉坂の船水様を二月に一度な、そんで毎回酒を献上してはるのか」

「そうやろな」

「二月後にわしが行ったらどないなる」

「おじき、そりゃ無理や。かえでがけなげに峠越えしてきたからや、かえでとおれに酒をくれはったんは。山稼ぎの大人にだれが酒をくれるかいな」

「萬吉、おまえの親父には黙っとれ」

「分かった」

と萬吉は改めて角樽を恭《うやうや》しく差し出した。

岩男が急いで両手で摑もうとした。けど、まだ萬吉はしっかりと角樽を握りしめたまま言い放った。

「おじき、この話、雲ケ畑の山稼ぎの仲間に内緒にしてくれんか。うちの親父が知ったらえらい騒ぎになるかもしれん」

「おまえの親父はけちんぼの上に欲どしいや、騒ぎどころやないで、大騒ぎやろ。わしは話さん、内緒や」

「誓うか」

「おお、岩屋不動に誓うがな」

「よしゃ」

と萬吉が手渡した。

「おれ、家に帰るわ。ひと晩家を空けたいうて、怒鳴られるわ」

「おまえの親父は因業《いんごう》や、かわいそうにな」

「なんぞ口利いてくれへんか」

「じょ、冗談はやめとけ。おまえの親父とは口利かんことを承知やろが」

と岩男が角樽を抱え込んで言い放った。

かえではなぜ身内なのに口利かんのやろかと訝《いぶか》しく思ったが、口出ししなかった。

「おれは家に戻るわ」

萬吉が言い残すと、山小屋の外に出た。するとかえでが出てきて、

「あにさんはりこうもんや」

とにっこり笑って言った。

四

北山の楓が紅葉する季節は終わった。

かえでは川端の山小屋から雲ケ畑の郷に下りた。郷のなんでも屋で小麦粉と塩などを購《あがな》うためだ。買い物はツケで半年に一度、父親の岩男が払った。なんでも屋のよし婆《ばあ》が、

「かえで、父ちゃんに言うとけ、前のツケが残っているてな」

「売ってくれへんのか、よしばあ」

「おまえの父ちゃんは近ごろ酒が過ぎとるが」

「うちに酒などないで」

「かえで、萬吉と京見峠に行ったやろ。そんで京の商人が杉坂の地蔵はんに献上した京の上酒をもろうたんと違うか」

かえではどきっとした。もう郷で知られていた。

(だれが話したんやろか)

萬吉では決してないと思った。

「そんなことあらへん」

「あらへんもなにも当人が言うてるがな。あの酒、どうなったか知ってるか」

かえでは呆《あき》れた、岩男自らが喋ったという。

「知らへん」

「小野郷の杉屋の旦那に売ってな、安酒に換えたそうや」

「あきれたわ」

「おお、呆れた話や。雲ケ畑の郷じゅうが承知の話や」

近ごろ父親が山稼ぎにかえでをつれていかず、時折り酒くさい息で帰ってくることにかえでは気づいていた。

「若いころの岩男はんはよう仕事しよったわ。近ごろは」

と言いかけたとき、なんでも屋に萬吉が入ってきた。

「よし婆、かえでに売ってやりぃや」

「萬吉、おまえがツケを払うか」

「なんとか考えるわ。今日はかえでのほしいもんを売ってくれへんか」

萬吉の親父は雲ケ畑の山稼ぎの頭をしていた。なんでも屋のよし婆も、

「萬吉、今日のところはおまえの顔を立てちゃる」

と言ってかえでが負ってきた竹籠に品物を入れてくれた。

なんでも屋を出たかえでは、

「あにさん、うち、返せへんで」

瞼《まぶた》からこぼれそうな涙を必死で堪《こら》えて言った。

「かえでが案じることやないわ」

しばらく俯《うつむ》いて考えていたかえでがぽつんと言った。

「うち、なんでびんぼうたれなんやろ」

「雲ケ畑で貧乏たれでない家があるか。磨丸太の仕事をしても中河郷《なかご》や小野郷や梅ケ畑郷の銘木屋《めいぼくや》に稼ぎの多くを持っていかれて終わりや」

「萬吉あにさん、雲ケ畑でも杉の磨丸太をしてるやないか」

「かえで、京の材木屋で磨丸太を売れるんは、中河郷や小野郷や梅ケ畑郷の名の入った銘木屋だけやわ。うちらの磨丸太はあっちの名で売られとるんやで。雲ケ畑に入ってくる銭はちょびっとしかないんや。そんで貧乏たればかりや」

「萬吉あにさんの家も貧乏たれか、大きな家にすんではるがな」

「かえでの家よりましや。でも、茅を葺き替えせなならん時期にきてるが、その銭がないそうや」

ふたりは黙り込んだ。

「あにさん、冬がくるわ。寒い冬はすかん」

「ああ、雲ケ畑の冬はつらいで」

と答えた萬吉が、

「そや、村長《むらおさ》はんの家に行かへんか」

と不意に話題を変えた。萬吉の言葉にちびっと力が入った。

「なにしにいくんや、あにさん」

「かえで、忘れたんか。花見本多の女将はんが、職人も読み書きできんとあかんと言うたろうが」

「おぼえとるで」

「この前、お茂はんとたまさか会うたんや。でな、読み書きを教えてくれんかと願ってみたんや。そしたらどない答えはったと思う、かえで」

「わからへん。それにうち、おとんにゆるしをもろうてない」

「岩男おじはおれがなんとかするわ。お茂はんに会うのがさきやで。どや、村長はんの屋敷を訪ねてみんか」

「お茂はん、なんと言うたんや」

かえではお茂の答えが気にかかっていた。

「あんたひとりか、と聞いたんや。そんでな、岩男はんとこのかえでも読み書きを習いたいと言うとると答えるとな、かえでちゃんがいっしょか、ええやろ、とふたつ返事やったで」

かえでは驚いた。村長の嫁のお茂と口を利いた覚えなどない、それなのに、なんやろ、と思った。

お茂は雲ケ畑の生まれではない、京の出だ。元は上賀茂神社の巫女をしていたという。歳はかえでには推量がつかなかった。けれど、今も雲ケ畑生まれとは明らかに表情も雰囲気も形《なり》も違った。

「けいこ代、いくらやろ」

「読み書きを習うんは稽古代《けいこだい》といわんやろ」

「なんちゅうかのう」

「知らん。聞いて高かったら、おれら、払えまへんと帰ってくればよかろうが」

「けど、はなみほんだのおかみはんも、なんのほうこうにもよみ書きはできんとあかんといわはったで。ほならあにさん、こまるやろ」

「困るな、親父に話して村長さんちの杉林で山仕事させてもらうわ。そんでおれとかえでの分を払うわ」

かえではしばし考えて、

「お茂はんに会うてみよ」

「ああ、そうしよ」

とふたりは出合橋の前にある村長の屋敷を訪ねた。

石垣の高さが萬吉の背丈の二倍以上にも積まれた上には植込みがあって、葉の落ちた柿の木に実がなっていた。村長の敷地に通じる段々を上がるのは、かえでには初めてのことだった。

大きな表戸は閉じられていた。

萬吉が声をかけていいかどうか迷っていると、庭先から声がした。

「萬吉はん、かえでちゃんを連れてきてくれたんか」

「お茂はん、迷惑やないか」

「迷惑なんてあらへん。あての亭主も男衆もみな小野郷に天然絞《てんねんしぼ》の件で出払っとるがな。庭の縁側でええやろ」

天然絞（天絞《てんしぼ》）は並みの磨丸太と異なり、シワが縦にみぞになった並絞《なみしぼ》だったり、反対にシワがこぶのように隆起する出絞といったりする「変木」をいった。昔から数寄屋《すきや》などの建築資材に使われた北山磨丸太の「変木」の出絞は、数寄屋建築の床柱《とこばしら》などに使われて風情《ふぜい》を添え、山稼ぎの男衆が一年に稼ぐ額の百倍もの値で取引された。

「かまいまへん。わてらの頼みのことや」

萬吉が固い口調で言った。

お茂は縁側にふたりを招いた。

かえでは萬吉の後ろで竹籠を下ろして、縁側の下に置いた。

「かえでちゃん、竹籠を縁側のうえに置きいな」

「大したもん入ってまへん。ここでじゅうぶんどす」

しばし間を置いたお茂が、

「好きなようにしなはれ。で、あんたら、読み書きがしたいとなんで急に考えたんや」

といきなり本題に入ってふたりに質した。

「つい最前、かえでと京見峠に行ったんどす」

「うんうん、京見峠にな」

「お茂はんの奉公していた上賀茂神社も見えましたで」

「ふっふっふふ」

と笑ったお茂が、

「萬吉はんは如才《じょさい》ないな。で、どなたかはんから杉坂の地蔵はんに献《ささ》げたお酒をもろうたな」

「なんや、よう知ってはるがな。あのお方らな、なんやらわてらを気に入ってくれはってんやろ」

かえでは萬吉が茶屋の花見本多の旦那と女将の話をしまいと苦労していることに気づいた。そこで、かえでが口を出した。

「うちが京に行きたいな、奉公がしたいなと言うたんどす。そしたらな、おかみはんがどないな奉公もよみ書きができんとあきまへんと言いはったんどす」

「そんでふたりは読み書きをしようと考えはったんか」

「そういうことどす、お茂はん」

「萬吉はんは、なにになりたいんや」

「大工、いや、宮大工になりたいんや」

「宮大工かいな、それは大事《おおごと》や」

「そやさかい、読み書きならいたいんや、お茂はん」

萬吉の返事に得心したか、頷いたお茂がかえでに顔を向けた。

「うちはまだ決まってまへん。京見峠からやのうてほんまもんの京のみやこを見てみたいだけどす」

「なんでやろ、萬吉はんが奉公するからやろか」

「違います。うち、おかんのいた京の都が見てみたいんや」

あっ、と小さな驚きの声を漏らしたお茂が質した。

「かえでちゃん、お母はんを覚えてはるんか」

いいえ、とかえでは首を横に振った。

「そうか、知らへんか。まだあんたは二つになってへんかったもんな」

と得心するように言い、

「あて、お千香はんを承知や」

と呟いたお茂を、かえではしげしげと見た。

「あてもお千香はんも余所者やからな、この雲ケ畑の」

萬吉も驚いていた。

この雲ケ畑でかえでの母親の話を自分から口にする人がいることにだ。千香は暗黙のうちに存在しなかったことになっていた。

「お茂はん、死んだおかんを知ってはったんか」

「死んだて」

と応じたお茂が慌てて、

「そやそや、お千香はんは身罷られたんやったな。あて、なんやらお千香はんが死にはったと思いとうないんや。そんでどこかに生きてはると思うことにしとるんや」

と言い添えた。

お茂に萬吉は無言で応じた。

「お茂はん、うちのおかん、どないな人やったん」

「きれいな女子はんやったわ」

と応じたお茂が、

「かえでちゃん、あんたら、手習いの相談やったと違うん」

「そやそや、かえで。読み書きを教えてもらえるかどうかの話が先やがな」

「けど、うち、おかんの話をだれにも聞けへんのや」

「かえでちゃん、あてがあんたら、ふたりに読み書きを教えることになったらな、話す機会はいくらもあるがな」

と言い切り、そやそや、と萬吉が応じると、お茂は、

「あんたら、筆や硯《すずり》や墨を持ってへんやろな」

と話題を変えた。

「持ってまへん。それよりお茂はん、わてらの稽古代、いくらやろか。ふたりして銭は持

ってへん。そやよって、村長さんちの山稼ぎするさかい、その働き賃で願えんやろか」

「殊勝《しゅしょう》やな、萬吉はんは。あてな、小さいころからお師匠はんとか先生《せんせー》と呼ばれたかったんや。ふたりの教え代はな、あてをお師匠はん、せんせーと呼んでくれることや」

「なんでや、教え代、いらへんのか」

「はい、萬吉はん」

しばらく考え込んだ萬吉が、

「お師匠はん、わてらは弟子やな。ほなら、呼び捨てやがな。これからは萬吉、かえでどうやろ」

と応じた。その萬吉にかえでが言った。

「ふでの話、どうなったん。あにさんの家にはふで、すずり、すみはあるやろ。うちはないと思うわ」

「かえで、うちにもないことはない。けどな、あれは山稼ぎの働き分を書き込む仕事の道具や、親父は貸してくれへんわ」

「どないしよう」

と応じたかえでが、

「いくらやろな、ふでいっぽんは」

「さあてな、雲ケ畑で筆や墨は売ってへんがな」

ふたりの問答をお茂が笑みの顔で見ていたが、

「あてのお父はんは神官《しんかん》やってはったんや」

と言い出した。

「上賀茂神社の神官はんか」

「そや、えろうないけどな、神官さんやったわ」

「それで巫女はんにならはったんや」

と萬吉が即座に応じた。するとお茂が首肯《しゅこう》し、

「子どものころからうちでは、読み書きが当たり前やったんや。筆も硯も墨もな、使いこんだもんやが捨てへんでな、雲ケ畑にも持ってきたがな。次のときまでふたりの筆硯紙墨《ひっけんしぼく》を用意しとくわ」

「ひっけん、なんやて、せんせー」

かえでが聞いた。

「筆硯紙墨どすか、難しかったわな。読み書きに使う道具や」

「道具もただやて。かえで、どないしてお茂はん、ああー、違《ちご》うた。お師匠はんにどないして返せばええんや」

と萬吉が幼いかえでに聞いた。

「うちらが大きゅうなってかえすしかないやろ、あにさん」

「それでええんか。せんせーだけが損してはるがな」

「読み書きは学問の始まりや、読み書きを習うことに損得はおへん。大事なんは、読み書きを習おうと思うた気持ちどす。そして、知っていることを教えようとすることどす。お互いが真剣に読み書きを習い、教えるならば手習い代など要りまへん」

「わてら、真剣に読み書きをお茂師匠から習います」

「うちもそうします」

とかえでも萬吉に応じて答えた。

「せんせー、いつから始めるんや」

「あんたら、親に許しを得たんか」

お茂の問いに萬吉は頷いた。が、かえでは思わず視線をそらした。岩男を説き伏せるのは難儀《なんぎ》やと思うた。かえでが新しいことをしようとすると必ず反対した。

「岩男おじはわてに任せとけと言うたやろ。今日明日にも説き伏せるわ。村長さんちで、読み書きをただでお師匠はんから習うんやぞ。文句は言わせんわ」

「おとん、うん、と言うやろか」

「言うわ、言わせてみせるわ」

と萬吉がお茂の前で確約した。

「ならば三日後の昼下がり九つ半（午後一時）時分に来なはれ。すべて道具は揃えときます」

とお茂が応じて、雲ケ畑に初めての手習い塾が誕生した。

「萬吉あにさん、なんでせんせーはしんせつなんやろ」

と村長の屋敷前の段々を下りて岩屋川沿いを上流に歩きながらかえでが聞いた。

「うん、どうしてやろな」

「あにさんにも分からんか」

「かえで、おれとかえでの内緒の話や、ええな」

うん、と頷くかえでに、

「村長の六紅はんとお茂はんの間には子がおらんがな、かえでのような愛らしい娘がほしいとお茂はんは考えてはるんと違うか」

「そやろか。でも、せんせーはうちのおかんの名をよんだな、おちかはんやて。ふたりは知り合いやったんや。それでやろな」

「かもしれん」

ふたりは萬吉のうちの前を通り過ぎて、岩屋川と合流する祖父谷川の細い川沿いにある山小屋に辿りついた。

すでに岩男が戻っているようで小さな小屋から煙が上がり、ヤマがわんわんと吠えた。

「おとん、帰ってきてはる」

「近ごろ酒を呑んでいると言うたな。今日の話は素面《しらふ》の折りにしたほうがええか」

「酒をのんでいても、のまんでいてもへんじはいっしょや」

「かえで、酒を呑んでないようなら、ヤマを散歩に連れ出せ。おれが岩男おじを説き伏せたる。ええか、四半刻《しはんとき》（三十分）は戻ってくるな」

と萬吉が言った。

うん、と頷いたかえでが山小屋を覗《のぞ》き、萬吉に向かって顔を横に振った。酒を呑んでいないという合図だろう。

「かえで、どこへ行っとった、だれかといっしょか」

「岩男おじ、おれや、萬吉や、ちょぼっと話がある。かえではヤマの散歩や」

と仕切った萬吉が竹籠を受け取ると、かえでとヤマを散歩に追い出した。

「なんや、萬吉、近ごろようかえでといっしょやな」

「岩男おじ、それは昔からや。今日はな、村長の嫁のお茂はんと話してきた」

「なんの話や、かえでと関わりがあるんか」

「ある。話をするから黙って、うんと言うてくれ」

岩男が黙って萬吉を睨んだ。

「悪い話やないぞ、お茂はんに読み書きの手習いをしてもらうだけや。手習い代もただや、筆も硯も貸してもらえる」

「雲ケ畑の娘が読み書きなど要らんわ、余計な話をかえでにすな」

「岩男おじ、最後まで黙って聞いてくれへんかと最前言うたな」

と念押しした。

萬吉の話は四半刻も続いた。その間、岩男は口を挟もうとしたが、必死な萬吉の口を封じることはできなかった。

四半刻後、かえでとヤマが戻ってくると岩男が憮然《ぶぜん》としていた。萬吉が、

「岩男おじは、かえでが読み書きをお茂はんから習うことに快《こころよ》く賛成したわ。そうやな、岩男おじ」

と念押ししたが、岩男はなにも言わなかった。

「男と男の話し合いや。おれが帰ったあとで蒸し返すなよ、岩男おじ」

と言った萬吉が山小屋を出ると、秋の宵闇が祖父谷川の流れを覆い尽くそうとしていた。

「萬吉あにさん、どないしてときふせたん」

「かえで、聞いたな。男と男の話や。娘のかえでは黙っとれ」

言い残すと、闇の中に萬吉の背が溶け込んでいった。

第二章　百年出絞

一

萬吉とかえでが雲ケ畑の村長の嫁、お茂に読み書きを習い始めて二年が過ぎた。ふたりは三日に一度の読み書き手習いを一度として休んだことはなかった。

師匠のお茂もふたりに教えるのを楽しみにして、一刻半（三時間）の手習いが二刻《ふたとき》になることもあった。お茂の都合の悪い日は翌日に行われた。

熱心な師匠とふたりの弟子の手習い塾に他の子どもが何人か入ってきたが、すぐに辞めた。元々、雲ケ畑の男子は山稼ぎにつくのが当たり前と考える親ばかりで、

「なんで銭の一文も稼げん読み書きに時を費やさにゃならんのや」

という調子だったから、村長の嫁の手前、子どもたちは一度来ただけで、次の手習いに

は姿を見せなかった。女の子たちは山小屋のかえでといっしょに手習いするのを嫌がり、

「うち、読み書ききらいや。早う奉公にでるわ」

と中河郷や小野郷などの銘木商の下女奉公に出ることを親に宣言した。そんなわけで結局お茂が女師匠を務める手習い塾では、いつも萬吉とかえでのふたりが弟子だった。

むろん手習いを始めた折り、ふたりは一字として読めなかったし、書けなかった。そこでお茂は自分が上賀茂神社の巫女として神に仕えた話からふたりにして、手習いに関心を向かせるように努めた。

お茂は、ふたりが見たこともない漢字をさらさらと紙の上に書いた。萬吉は親父が書く字より立派だと思った。

「あんたらが京見峠から見た上賀茂神社な、ほんまはこう書くんや、読めるか、萬吉はん」

「さっぱり読めへんわ。それにわては弟子や、はんはいらんがな、呼び捨てにしてくれへんか、お師匠はん」

萬吉が願った。

しばし沈思《ちんし》したお茂が、

「三人だけの手習い塾や、あんたらがお師匠はんと呼ぶんなら、あても萬吉はん、かえで

はんと呼ぶことにするわ。ここは山稼ぎの場ではおへんよってな」

と言い切った。

「わてらにもはん付けかいな」

「そや、萬吉はん、どないや」

「わてはかまへん」

「ほなら、かえではん、どや」

かえでは無言で首を縦に振った。

「かえではん、師匠から尋ねられたら、どないなことでも声を出してな、はい、とかいいえとか、返事せんとあかんえ」

「は、はい、せんせー」

三人の手習い塾の仕来《しきた》りの基《もとい》が決まった。そして、お茂が話をもとに戻した。

「賀茂別雷神社《かもわけいかずちじんじゃ》と読むんや。この中にな、あての名が一字入ってるがな。どれやと思う、萬吉はん」

「お師匠はん、これやろ」

と萬吉が二つ目の字を指した。

「ようできたがな、どうして分かったん」

「お師匠はんの持ちもんにこの字が書いてあるがな」

「そやそや、ようできたわ」

と褒めたお茂が、

「ええか、あての名はあんたらが京見峠から覗いた上賀茂はんの茂を取って父親《てておや》がつけはったんや。この字はな、『も』とも『しげ』とも読み分けられるんや」

「はあ、お師匠はんの名は上賀茂神社からとったんか」

「そや、神官の父親はあてが生まれた折りから巫女にしようと思うとったんやな」

「ふーん、わての名にもいわくがあるんやろか」

「父親の千之助《せんのすけ》はんに聞いてみぃ」

と言ったお茂は、

「この雲ケ畑の水はな、上賀茂神社を流れる楢《なら》の小川に通じとるがな、ええか、北山の流れが上賀茂の境内を美しゅう流れとるんやで。かえではん、お父はんの岩男はんが祖父谷川の流れを掃除しはるよって、冷たくて清らかな水が上賀茂に届いてな、神様のいはる境内を洗い清めとるんや」

「おとんの水守はかみがもじんじゃと関わりがあったんや」

「そや、上賀茂神社だけではないわ、京の都を流れる鴨川の水を守り、京の人の暮らしを守ってはるんや。大事な仕事を岩男はんはしてはるんや」

お茂が歌い始めた。

「おおさむ、こさむ
猿のでんち
借って着よ
　塩づけ　どぼ漬け
　塩づけ　どぼ漬け」

お茂の声は甲高《かんだか》く澄んでいた。

「なんや、そんな歌、聞いたことあらへん」

「萬吉はん、すぐき、承知やな」

「知らんな」

「かえではんはどないや、よう食べてへんか」

「かぶら、とちがうやろか、師匠」

「そやそや、かえではんはよう承知や」

「うちのおとんはびんぼう菜とよんでるで」

「天子はんのいはる御所《ごしょ》では、贅沢菜《ぜいたくな》とよばれとるそうや。すぐきを作る百姓衆は、しおれたすぐきしか食べられへん。けどな、御所ではええすぐきを食べられはる。びんぼう菜と贅沢菜はいっしょのもんや」

「うちでは人からもろうたびんぼうのびんぼう菜や」

とかえでが呟いた。

「最前のおおさむ、こさむは上賀茂へんの子どもはよう歌うわらべ歌や。よう意はわからんけど耳から入ってきてすぐに覚えるがな」

「師匠、猿のでんちて、なんや」

「でんちか、でんちこのことや、袖《そで》なし綿入れ、ちゃんちゃんこともいうわな。猿のでんちこを借りたいほどすぐきのできる上賀茂の冬は寒いで。そんでお猿はんのでんちこを借りてな、ぬくうしてすぐきを漬けよと歌《うと》うとるんや」

「猿はでんちこ着とらへんで。けど、おもろいわ、わらべ歌にも意があるんやな、師匠」

「そや、それを覚えるのんが手習いや」

「うちの名はどうしてつけられたんやろ」

とかえでが不意に言い出した。

師匠のお茂が、一瞬困った顔をした。それを見た萬吉が、

「かえで、容易《たやす》いがな。冬の前の秋に生まれたんやろ、楓が真っ赤で美しいがな、そんで、

かえでと名づけられたのと違うか」

「ああ、そうか、かんがえたこともなかったわ」

とかえでが答えるのを聞きながらお茂は内心、

(岩男はんがつけたんやない、お千香はんが決めはったんや)

と思った。そして、

(いつの日かほんとの話をせなならん)

とお茂は決意した。

ふたりはお茂が幼いころ使った硯、筆、墨を渡された。

「ええか、お道具はな、好きに使《つこ》うてええ。けど手習いの終わったあと、きちんと洗《あろ》うて手入れせんとあかんよ」

と注意した。

「はい、お師匠はん」

とふたりが返事をした。

弟子ふたりの手習い塾は、郷の人間が、

「まあ、ひと月とは続かんやろ。お茂はんは和歌も詠《よ》みはるそうや、なんやら、ぐ、さ、たらいう本も読みはるそうや。びんぼうたれの岩男の娘は六つやで、お茂はんの教えはる読み書きができるわけないわ」

とか、

「旦那の六紅はんがな、嫁はんの道楽をきろうとるそうや。ひと月せんうちに止《や》めやで」

などと噂した。

だが、雲ケ畑の郷人の考えを裏切って、師匠と弟子ふたりの習い事は真剣に続けられた。

半年もしたところで萬吉もかえでもひらがなは書けて読めるようになった。

萬吉の字は山稼ぎの仕事のように力が籠《こも》って、最初のころは紙から字が豪快にはみ出した。だが、段々と北山杉の枝をはらうときのように丁寧になってきた。一方、かえでは小筆を手に、紙に顔をつけて、細かい字を認《したた》めた。

「かえではん、紙から顔を離してな、筆先の動きを見ながら書く癖《くせ》をつけるんや。それが書き方の基や」

とお茂は教えた。

一年半が過ぎた折りのことだ。いつもは萬吉よりも早く村長の屋敷に来ているはずのかえでの姿が見えなかった。

「お師匠はん、かえでが来てへんな。見てこようか」

「まあ、ええがな、かえではんはあの歳でごはんの仕度から洗濯までしとると聞いたわ。

用事で遅くなっとるんと違うか」

「ああ、岩男おじとかえでのふたりやけな。致し方ないんや、かえでが働くのんは」

萬吉の言葉に頷いたお茂が切り出した。

「ええ機会や、聞きたいことがあるんや」

「わてのことか、かえでのことか」

「萬吉はんは身内やから、なんの差し障りもなかろ」

「そうか、かえでのことやな」

と萬吉が言った。

「あんたは知っとるな」

しばし沈黙していた萬吉が、

「ああ、知っとる。母親のお千香はんが死んでないことをな」

「かえではんは気づいてるんやろか」

「かえではもう八歳になったわ。雲ケ畑にもいろんな人間がおる。かえでにいらんことを言うやつもおるわ。かえではわてにもよう言わんけどな。いつぞや京見峠に行った折り、帰りが遅うなって持越峠の杣小屋で泊まったことがあった。その折りな、婆様の弔いはおぼえとるけど、おかんの弔いは覚えてへんと言うとった。お千香はんが雲ケ畑外れの山小屋からいのうなったんは、かえでが二つになる前のことや。岩男おじが『お千香は死んだ、おまえを産んだあと、死んだ』と繰り返しとるわ。けどな、かえでは八歳になって、そんな岩男おじの言葉も通じんのと違うか」

「かえではんは知っているというの」

「なんとのうな、気づいてるわ」

と言った萬吉は尋ねた。

「お師匠はんとお千香はんはなかよしやったんやろ」

「あてら、雲ケ畑ではふたりだけ余所者やったわ、いつか言うたな」

「けど、かえでがいたさかい、それ以上のことは口にせんかったな」

「萬吉はんとかえではんは歳が違うけど、ふたりして利口や。言えんことがあると心得とる」

「なにがあったんや、お師匠はん」

萬吉の問いにお茂は迷い顔で黙り込んだ。

「お師匠はん、わては一年もせんうちに京に奉公に出る心算《こころづもり》や、このことはかえでも承知や」

「当てはあるんやな」

「ある。わてがお師匠はんに読み書きを習おうとしたんは、京見峠にかえでと行った折り、祇園のお茶屋花見本多の女将の桂木はんと旦那の五郎丸左衛門はんとに会《お》うたからや」

と前置きした萬吉はその折りの話を全て告げた。すでにお茂が信頼のおける人物と萬吉は承知していたからだ。

「祇園のお茶屋花見本多はんか、一力《いちりき》はんと張り合う大きな老舗《しにせ》や」

とお茂が即答した。

「わてな、お師匠はんに教わった字で、『京見茶屋での話は冗談や思いつきやおへん、本気どす。宮大工の棟梁に口利きしてほしい、決して迷惑はかけまへん、十五になったら京に出ます』と書いたんや。そしたら『親父様の許しを得たらいつでも来なはれ』との返書がありましたんや」

「驚いたわ、萬吉はん」

「すんまへん、お師匠はん。隠すつもりやなかったんや。雲ケ畑はどんな噂も直ぐに伝わるがな。わてとかえでは京に修業に出たいんや。それまでふたりの内緒ごとにしとこうと言い合《お》うてきたんや」

「萬吉はん、文はどないして出したんや」

「小野郷の材木屋で、始終京と商いで往来しとる年上の知り合いに頼んだがな。山稼ぎ仲間やが、親父もわてと付き合いがあるとは知らん者や」

「ますます呆れたわ」

と言ったお茂が、

「なんかふたりに秘《ひ》めごとがあるとは思うとったけど」

「お師匠はん、すんまへん」

と萬吉はその場で平伏《へいふく》した。

「今更《いまさら》詫《わ》びられても遅いわ」

「お師匠はん、わてはどうなってもええ。かえでには最後まで読み書きを教えてくれへんか、面倒をみてほしいんや。かえではこの雲ケ畑で心を開いて話せるのはわてしかおらへん」

「そんなこと重々承知どす、頭を上げなはれ」

お茂に言われて萬吉はようよう頭を上げた。

「あてはな、お千香はんとこの郷で余所者同士やったんや。しばしば会うて話をしましたがな、お千香はんはあてよりしんどい暮らしやったわ。萬吉はん、あんたに説明せんかて知っていはるな」

「へえ」

「なぜ、だれとこの雲ケ畑を出たか、あてはすべて承知や。あての亭主も知らんことやな。今は話せまへん。そや、萬吉はん、あんたが奉公に出ると決まった日、あてら師弟三人で肚《はら》を割って話をしまひょ」

「頼みます」

「けど一つだけいま言うわ、萬吉はん、覚えといてほしいことがあるんや。お千香はんはかえではんを連れて京に行きたかったんや。けどな、岩男はんがなんとのうすうす感づきはって、やや子のかえではんをどないなところにも、山稼ぎにもどこにも連れまわしたんや、それでかえではんを連れていけんかったんや、決して捨てたんと違います。そのことを萬吉はんの胸に留《とど》めといておくれやす」

萬吉は大きく顎を振って頷いた。

ふと気づくと、かえでが庭のところに立っていた。

「かえで、どないしたんや」

萬吉もお茂もふたりの問答を聞かれたかと思った。だが、様子が違った。いつも着ている丹波木綿《たんばもめん》の袖が破れて取れかけていた。それに涙のあとが頬に残っていた。

「なんでもあらへんわ」

と気丈にかえでが答えた。

萬吉は、お茂との問答を聞いたせいではないと思った。山小屋から村長の屋敷に来るまでの道中、なにかあったのだ。ならば手習いのあとでかえでに質そうと思った。

お茂も萬吉と同じことを考えたらしく、

「ちょっと待ってな」

と言い残すと手習いをする座敷を離れた。

かえでが破れた袖を手で隠しながら座敷に上がってきた。

「かえで、だれにいじめられたんや」

「だれにもいじめられてへん。来る途中に転んだんや」

と下手な言い訳をした。

「そうか、そう聞いとこうか。あとで話してもらうで」

と言うところにお茂が戻ってきた。

盆の上に茶と茶菓子があった。これまで手習いに来て茶など出たことはない、初めての供応《きょうおう》だった。

「茶を淹《い》れながら考えたんや」

とお茂が、

「萬吉はん、かえではん、次の手習いの折りは文を書いてもらいます」

と言った。

「文やて、お師匠はん、だれに宛てて書くんか」

「そやな、萬吉はんもかえではんも文を書きたい人はおるやろか」

「お師匠はん、おるわ。けど、まだ字も下手やし、どない書いてええかようわからん」

最前、京の祇園の花見本多の旦那の五郎丸左衛門に宛ててすでに文を書いたという萬吉が首を捻《ひね》った。かえでが最前の問答を聞いたかどうか迷い、萬吉はこんなことを言い出したかとお茂は思った。だが、かえではどこか気がないようで萬吉の言葉を聞いていなかった。

「萬吉はん、そのお方に伝えたいことを素直にな、あてに話すように書けばええんや。文は上手下手やおへん、気持ちが伝わるかどうかや」

と応じたお茂がかえでに視線を移した。

「かえではん、文を出したい人はおらんのか」

「おるわ。けど、死んどるのや。死んだもんは文要らんやろ」

と投げやりに言った。

お茂も萬吉もかえでが文を認めたい相手は母親の千香だと直感した。

かえでは未だ母親の千香が死んだと信じているのか。

「そやな、ほならこうしようやないか。ふたりしてあてに宛てて文を書くんや、なんでもええがな。手習い塾でな、してもらいたいことや、嫌なことを書いてもええで。あるいは相談ごとでもええで」

「ううーん、お師匠はんに宛てた文か」

と萬吉が考え込み、かえでが、

「どないなことでも書いてええんやな、お師匠はん」

と質した。

「ええよ。次のときまで考えてき、書くのんはここでや。下書きするんやったら、筆、硯、墨と紙は家に持ってかえってええで」

とお茂が答えた。

三人は初めて茶を喫《きっ》し、干菓子を食べてそれぞれの考えに耽《ふけ》った。

二

手習い塾からの帰り道、萬吉はかえでを山小屋まで送っていった。

「かえで、初めてやのう、お師匠さんを待たせたんは。なにがあったんや」

予想はついていたが、萬吉は改めてかえでの遅刻を質した。

「なんもない。おとんの用で遅れてしもうた」

「岩男おじの用事はなんやったんや」

「大したもんやあらへん」

萬吉はもはや問わなかった。

ふたりは無言で歩いた。

山小屋が近くなったとき、かえでが聞いた。

「萬吉あにさん、お師匠はんとなにを話しとったん」

「話が聞こえたか」

「なんも聞いてへん、聞こええんかったわ」

それは最前の問いの答えと違い、明確だった。

「おれが奉公に出るときが近づいたな、そんでな、お師匠はんに、花見本多の旦那はんと女将はんの話を告げて聞いてもらったんや。おれら、二年近く前、お師匠さんに京見茶屋であったことをよう喋っとらん。ふたりだけやし、ええ機会と思うたんや」

ふうーん、とかえでが大人びた返答をした。

「それにもうひとつあるんや」

「なんやねん、それ」

「かえでにも許しを得んかったが、花見本多の旦那はんに幾たびかな、文を出して、京見茶屋での奉公話は真剣なこっちゃと伝えたんや」

「えっ、あにさん、はなみほんだの旦那はんに文を書いて出したんか」

「おれはかえでより何年も先に奉公に出るがな、うちの親父はおれが京に奉公に行きたいことに薄々感づいとるわ。そんでな、お師匠はんに相談したんや」

「お師匠はんはなんて言うてはった」

「驚いてはったがな、おれらが手習いをしたいと願ったことにはなんぞ曰くがあると思うとったそうや。おれに『父親の許しを得なされ、そしたら、あても手助けする』と言いはったわ」

「あにさん、よかったな」

「ああ、相談してよかったわ」

「五郎丸左衛門の旦那はんから文はあったんか」

「字がようよう書けるようになった折りにおれが文を出し、その度に返事もろうたがな。京見峠にかえでと行った旅は、おれらの大事な出会いを生んだがな。旦那はんも女将はんもいいかげんな応対したんやないんや」

「うちもそう思うわ」

「かえで、おれは来年の正月に十五や、あと数月で雲ケ畑を出る。心配なんはかえで、おまえのことや。今日な、なにがあったか、おれは推量してるがな」

「あにさん、なにもなかったと答えたやろが」

「言わんでええ。二度とさせへん」

かえでが萬吉を見た。

山小屋の近くまで歩いてきていた。

「かえで、こん次の手習い塾はおれが迎えに来る。ええか、お師匠はんが言わはったな、文のことを忘れんでな、考えとけ」

と言った萬吉がかえでの手を握り、

「おれが先に京奉公に行くがな、かえでが奉公に来るのをな、迎えちゃる」

と言い切ると手を離して、かえでに背を向けて早足に歩き出した。その背をかえではいつまでも見送っていた。そして、萬吉が、

(うちに親切なんはなんでやろ)

親同士は兄弟のはずなのに付き合いはない。なんとなくだが不仲の原因は、

(うちのおとんがこさえたもんや)

と考えていた。

一方、萬吉は岩屋不動に通じる、岩屋川沿いにある道を惟喬《これたか》神社に向かい、石段を上がった。すると鳥居の向こうの小さな神社の前で雲ケ畑の子どもが、六、七人群《む》れて談笑していた。この男女のワルガキの頭分が、萬吉より一つ年上の文次《ぶんじ》だった。

不意に娘のひとり、たけみが萬吉の姿に気づき、身を竦《すく》めた。そして、萬吉の形相《ぎょうそう》を見て、なぜこの場に姿を見せたか察した。

昼下がりの秋の陽射しが楓の紅葉を美しく浮かばせていた。

「文次、話がある。おれについてこいや」

文次も萬吉といっしょで山稼ぎが忙しいときは山に入り、大人の仕事を手伝っていた。形《なり》は大きいし力も強いが、考えは足りなかった。

「な、なんでや、萬吉」

「おまえの胸に聞いてみんか。みな、承知しとる顔をしとるわ」

「なんやわからん。なんでおれひとり呼び出しよる」

「ひとりではなんもできんか」

萬吉が文次の仲間を見渡した。だれもが萬吉から眼をそらした。

「たけみ、かえでになにしたんや」

「う、うちはなんもせえへん。見とっただけ」

「文次がやることを見とったんやな、そやろ」

萬吉よりふたつ下のたけみは、文次の顔をそっと見た。

「おまえら、まだ八つのかえでをいじめたんやぞ、文次が手出しするのを止めんと見ていたのは文次と同じことや」

「おれはなにもしとらん」

と文次の弟分の徳平《とくべい》が言い訳した。

「徳平、大勢でおれの従妹のかえでをいじめておもしろいか」

「小屋すまいのびんぼうたれのあいつが、村長の嫁はんの手習い塾に通うとるがな、こましゃくれと違うか」

「おれも通うとる」

「萬吉はんは山稼ぎの頭のせがれや、歳も上や」

「おまえらもお茂はんの手習い塾に来たやないか。それが一回だけで、手習いは嫌い、読み書きは雲ケ畑ではいらんいうて、勝手に来んようになったのと違うか。それが何人もおるわ。かえでは六つの折りから通うとる。かえでが手習い塾に行くのを止めたかったんか、文次」

文次は萬吉の怒りと迫力に気圧《けお》されて黙り込んだままだ。

「文次、おれについてこんか」

「なんでおれだけついていかなならん」

「仲間の前で恥をかかせとうないからや」

しばらく俯《うつむ》いていた文次が、神社の階段に立てかけてある棒きれに眼を向けて、

「おれをどうする気や」

と問うた。

「一対一の勝負や、それとも仲間の前でやるか」

「萬吉、ええかげんにかえでと付き合うな」

と言った文次が棒っきれに飛びついた。

そのことを察していた萬吉の動きのほうが素早かった。片足を伸ばして文次の足を引っかけて転がした。文次が顔から社殿《しゃでん》の前に突っ伏せになった。

「棒っきれ持たんと勝てへんか」

「くそったれ」

と痛みを堪えて飛び起きた文次は、体勢が整わないまま拳《こぶし》をかためた手を伸ばし萬吉

に殴りかかった。

萬吉は文次の動きを見て身をかわすと、よろける文次の頰べたを、ぴしゃぴしゃと音が立つほどに二発引っぱたいた。

文次があっけなくくずおれた。

「立て、文次。勝負はこれからぞ」

文次はすでに半泣きの顔をしていた。

「大勢で幼いおれの従妹をいじめておもしろいか。ええか、文次はひとりでなんもできへん男やぞ、おまえら、よう見とけ」

萬吉の言葉が文次に突き刺さった。

「さあ、来《こ》んか。この場を選んだんはおまえやぞ」

文次が仲間に助勢を求めるように見回した。みんな眼をそらして文次に加勢しようという者はいなかった。

萬吉が文次の傍らに腰を屈め、襟《えり》をつかんで顔を引き寄せると、

「文次、よう聞け。かえでにちょっかいを出すな、ええな。もしいちびってみい、おれが許さへん。ほべたをたたく程度ではすまん。おまえ、だれのお陰で半端《はんぱ》な山稼ぎをやっとる。うちの親父のおかげちゅうのんを忘れるな。分かったか」

文次はがくがくと泣きながら頷いた。

「みんなのいるところで声を出さんか、はい、と言え」

「は、はい」

文次の返事を聞いた萬吉は摑んでいた襟首を突き放し、立ち上がるとさっさと神社の石段を下りていった。


三日後、山小屋にかえでを迎えに行った。ヤマが出てきて、嬉しそうに吠えた。

「どうした、ヤマ」

と顎を撫《な》でると、かえでが筆や硯を手にして姿を見せた。着ている木綿ものがいつもと違っていた。

「どうしたんや、岩男おじに買《こ》うてもろうたか」

そんなはずはあるまいと思いながらも尋ねた。

「お師匠はんがとどけてくれはったんや。おとんは今日も山稼ぎに出とらん。しとるのは水守だけや」

「山稼ぎに出んでは食えんがな」

萬吉は岩男がこのところ山稼ぎに出ていないことを郷人から知らされていた。

「なに考えとるんやろ」

萬吉は自分の声が山小屋の岩男に聞こえていることを承知していた。ふらりと岩男おじが出てきた。

「山稼ぎになんで出えへんのや、おじき」

「稼ぎにならん」

「小野郷の飲み屋に銭を入れとるんか」

「萬吉、おまえ、余計な世話回すな」

「ちょっかいちゅうんかい」

「ああ、ちょっかいや。かえでの手習いもそや。雲ケ畑で読み書きなんか習《なろ》うても一文にもならんわ。辞めさせや、萬吉」

岩男の言葉にかえでが悲鳴を上げた。

「それはできんわ。村長の嫁のお茂はんがおれらのお師匠や。義理欠いてこの郷で生きていけるか」

「おまえの親父は山稼ぎの頭や。村長はわしらの稼ぎで食うとるのや」

「おとん、また酔うとるんか。萬吉あにさんのおとんにどれだけ世話になっとるんや、迷惑かけとるんや。うち、手習い、辞めへんで」

叫ぶと、かえでは山小屋の中に駆け込んでいった。

「岩男おじ、なに考えとる」

「萬吉、五十年もんの、いや、百年もんの天絞を見つけたんや、出絞や。あれ一本でな、働かんで何年も好きなことができるわ」

天然出絞丸太は樹皮をはがして表面を砂で磨いて仕上げる飾《かざり》柱材だ。床の間の柱などに使われるのだが、天然ゆえ一つとしておなじものがない。珍しい凹凸《おうとつ》のある出絞は高値で取引される。名出絞には発見者の名が冠せられ、京の名のある神社仏閣や立派な建物に使われていた。

「どこの山でや」

「萬吉、おまえにも言えんわ」

「おじき、あんたも長年の山稼ぎやろ、山に入って茸《きのこ》を採るのとわけは違う。北山はどこも持ち主がおるわ。そんな山の出絞を切ってみい、村長さんにお縄にされるがな。やめとき、山の持ち主に伝えて、なにがしか分け前をもらいいな」

「萬吉、だれも知らん山や」

「持ち主のおらん山なんてないわ。ええな、この話、忘れてしまいいな」

萬吉の言葉に岩男は黙り込んだ。

「かえでは手習い塾続けるで、ええな。いつぞやのおれとの約定を思い出しいな」

と言った萬吉は、

「ヤマ、岩男おじきを見ておれ。かえでと村長はんの屋敷に行くでな」

と言い残し、かえでを連れて祖父谷川の川沿いの道を下っていった。

「あにさん、おとんになに言うたん。うちの手習い塾のことか」

「最前の念押しか、岩男おじは近ごろ酒におぼれとる、釘を刺しただけや」

「釘をさすて、どないなことや」

「かえで、おれは近々奉公に出ると親父に断ったわ。お師匠のお茂はんには話して、親父に内緒はなかろうと思うてな。手習い塾は、おれがおらんでも続けるんやぞ、かえで」

「あにさんがおらんでつづけられるやろか」

「ひとりでも続けるんや。なんでも半端はあかん」

うん、と頷いたかえでが、

「最前のうちの問いはどないなったん」

と萬吉に質した。

「かえで、岩男おじは大丈夫や」

と答えた。そのうえで、

「お茂せんせーはな、おまえのおかんのことをよう知ってはると思わんか。かえでには言わんかったが、お師匠はな、かえでのおかんの話をな、おれが奉公に出る前の、最後の手習いの場で、三人してしたいと言うてはるんや。あと少しがまんしぃ」

無言で歩いていたかえでが、分かった、と返事をした。

「かえで、その半紙はなんや」

「山小屋を探していたらこのざら紙が出てきたんや。それでな、お師匠はんの言わはった文のしたがきをしたんや」

「手筈《てはず》がええやないか。おれはなんも用意しとらんがな」

萬吉が困った顔をした。

「あにさんは花見本多のだんはんに文を書いとるがな、奉公をねがう文をおもいだして書けばええがな」

「そやな、そうしよか」

話しながら村長の屋敷についた。

「今日はふたり揃うて来はったんか」

「はい、あにさんがむかえにきてくれたんどす」

「どなたはんかが、えろう元気なくしているそうやないか」

とお茂が萬吉を見た。

「お師匠はん、わて、なにもしてまへんがな」

萬吉は、わてとおれを話し相手によって使いわけた。

「そう聞いときまひょ」

「お師匠はん、かえでは文の下書きをしてきたそうやで」

「おやまあ、用意のええこっちゃな。ならば、かえではん、読みいな」

師匠のお茂がかえでに言った。

「ざら紙に書いたんや、この場でかきなおそうと思うたんやけどな」

「かえで、わてはまだ考えてもおらんわ。先に読みいな」

萬吉も言った。

「それにうち、お師匠にあてた文とちがう」

とかえでが言い出した。

「だれでもええがな、あてやのうても」

お茂が応じて、しばし瞑目《めいもく》したかえでが、なら、よみます、と言うとざら紙を拡《ひろ》げた。

「うちのおかんへ、」

との書き出しに萬吉は、えっ、と驚くと同時に、

(やっぱりそやったか)

と思った。

「うち、おかんのかおもこえもしりまへん。おとんは、おかんは死んだといつも言うてます。さとの人もそういいます。ばばさまは死んだおり、もちこし峠でとむらいをしたそうどす。うちはばばさまのかおもこえもおぼえていまへん。けど、なんとのう、ばばさまとお別れしたようにおもいます。うちのおかんのおわかれはなんもしりまへん。なんでやろ、とおもいます」

とかえでは読むと、いったん言葉を切った。

お茂がうんうんと頷き、続けなはれというように笑みの顔でかえでを見た。

「雲ケ畑のひとは、水をよごさんように流れのはたではとむらいはしまへん。もちこし峠にうめられるんやと思います。うちはばばさまのおはかまいりをしたいどす。けど、おかんのはかまいりはしとうおへん。うちには死んだとおもえんからどす。おかん、ほんまに死んだんどすか、それともまだ……お師匠はん、ここまでしかできてまへん」

とかえでが顔を上げてお茂を見た。

「かえではんの気持ちが感じられる文やがな。かえではんと萬吉はんは教えがいのあるお弟子はんや。さあて、この文の続きはどないしましょ、萬吉はん」

とお茂が萬吉に振った。

「わてが奉公に出るまえの最後の手習いの日にお互いの気持ちを伝え合うと最前、かえでに話しましたんや。わても知りうるかぎりのことを話しますわ。ええか、かえで、想像でええんや、その文を続けて書きぃな、それでいかんか、お師匠はん」

萬吉の問いにお茂が頷いた。

「お師匠はんはうちの文よんでどないしはるんや」

とかえでが聞いた。

「お師匠はんはわてらの文を読んで感想を述べはるわ、それでいかんか」

「うちのおかんのことをお師匠はんもあにさんも承知なんやな」

かえでの問いにふたりが同時に頷いた。

「かえで、一つだけ言うておきたいことがあるわ」

「なんや、あにさん」

「お師匠はんの話もおれの言うこともかえでにとって、ええことばかりやないかもしれへん、それでもええんか」

「うちはうそでええことより、ほんまの話でわるいことのほうが聞きたいわ」

「分かった、かえで。おれの知っとるかえでのおかんのことを文にしとくわ。それがおれの奉公に行く覚悟の文や」

「おおきに、あにさん」

とかえでが言うのを聞いて、お茂は瞼が潤んだが必死で耐えた。

三

不意に岩男が山小屋に帰ってこないようになったと、かえでが青い顔で萬吉の家に知らせてきた。ヤマがかえでに付き添うように従っていた。

「いつから戻ってへんのや」

「もう二《ふた》ばん、もどってきいへん」

萬吉は一瞬考えた。

「ちいと待て。親父に話してくるわ」

「萬吉あにさんのおとんにはなしたら、うちのおとんはもうはたらかしてもらえんのとちがうか」

「かえで、大事なことは岩男おじが元気でいるかどうかかや。もうこの時節の山は寒いがな。

杣小屋に泊まっとればええが、違うような気がするわ。親父に相談したほうがええわ。心配ならおれについてこい、かえでもヤマもな」

とあることを案じた萬吉は、かえでとヤマを作業場につれていった。そこでは樹皮を剝いだ杉丸太の砂磨きが女衆の手でおこなわれていた。中河郷や小野郷に比べて規模が小さな作業場だった。ここで造られた磨丸太は、中河郷や小野郷に運ばれて京や大坂に出荷された。

「親父、話があるんや」

との萬吉の声に父親の千之助が振り向くと、かえでを見て、直ぐに事情を察したように、

「岩男のことか、どないしたんや」

と質した。

山稼ぎの男衆が話を聞いていた。

「親父、外に出てくれ」

萬吉は千之助を連れ出すと、

「岩男おじが二晩戻ってきとらんそうや。かえでのいる小屋には、どんなに遅うてもこれまで戻っとった。杣小屋で泊まる折りはかえでを連れていきよったわ」

「小野郷の飲み屋は銭の払いのわるい岩男に酒は呑ませへんわ、やっぱり持越峠の杣小屋

と違うか」

「杣小屋にはおらんやろ」

「萬吉、なんぞ承知か」

父親の問いに頷いた。

「どないなことを承知や、知っているなら正直に話さんかえ」

「少し前のことや、岩男おじが百年もんの出絞を山で見つけたそうや」

「どこの山や」

「おれにも言わへんかったわ。その折り、北山はどこも持ち主が決まっとる、そんなのを切ったら泥棒やと言うて、忘れやと注意したんや。けどな、ひょっとしたらひょっとするわ」

「うちの山でも村長はんの山でもなかろ」

と千之助が言い、

「雲ケ畑の山に百年もんの天絞なんてあらへんな。あいつが通っとった小野郷の山やわ。馬鹿なことをしおって」

と吐き捨てた。

「どないする、親父」

「萬吉、わしに従えや、小野郷に行ってみる」

「うちもいく」

とかえでが言った。

「かえで、だめや。小野郷の山は深いがな、百年もんの出絞が生えとるとしたら谷間の険しい場所や」

と言った萬吉が、

「かえでを山小屋にひとり置いとかれんわ」

「うち、おとんを探したい」

「それはできん、こんどばかりは萬吉の言うことを聞け、かえで」

千之助が言い、萬吉が、

「親父、おれがお師匠はんに頼んでみるがな」

「そやな、うちのがうるそう言うな」

萬吉の母親の君代《きみよ》は岩男が嫌いだった。そんなわけで娘のかえでにも好感を持っていないのを父子は承知していた。

「うち、ヤマと小屋で待っとるわ」

「かえで、ヤマはおれがおじき探しに連れていく。岩男おじのにおいをヤマはよう知っとるやろが、ヤマといっしょに探す」

と言った萬吉は、

「直ぐに戻ってくる」

と千之助に言い残すと、かえでの手を引いて村長屋敷に向かった。

「あら、どないしたん、萬吉はん」

とその険しい顔を見たお茂が言った。

「お師匠はん、頼みがある。かえでを二、三日預かってくれへんやろか」

「事情を説明しいな」

萬吉は経緯を告げた。

お茂はうなずくと、

「萬吉はん、安心おし。うちに泊まらせるわ」

と約定してくれた。

「小野郷の山か、雲ケ畑より険しいと違うん」

「ああ、険しいやろ。ヤマを連れていくわ」

とお茂に答えた萬吉は、

「お師匠はんのとこに厄介《やっかい》になり、ええな」

とかえでに言い聞かせた。かえでは泣きそうな顔で、

「あにさん、おとんを見つけてや」

と願った。

「ああ、案ずるな。ヤマが連れていってくれるわ」

言い残すと萬吉はヤマを連れて家に戻った。

「お師匠のお茂はんが預かってくれたわ」

と萬吉は山稼ぎの仕度をし、竹籠二つを用意して待っていた千之助に言った。食い物や綿入れなど防寒具を入れた竹籠を背負い、父子は鉈《なた》をそれぞれの腰に差した。

「ヤマ、岩男おじのとこへ案内せえ」

とヤマに命ずると、ヤマは言葉が分かったように、わん、と吠えて返事をした。

父子とヤマはまず持越峠に向かった。だが、峠の杣小屋には何日も人が泊まった形跡はなかった。持越峠から杉坂への道とは異なる道をとり、真弓川《まゆみがわ》の上流の岩屋峠へと向かった。

黙々と歩く千之助に萬吉が問うた。

「親父と岩男おじは真の兄弟か、なんで話もせんのや」

山道を歩きながらちらりと後ろを振り返った千之助が言った。

「仲は悪うはない、岩男がうちを嫌いなだけや」

「どういうこっちゃ」

「わしと岩男は異母兄弟や、岩男はな、死んだ父親がそとで生ませたんや」

父親が初めての話をし始めた。

「おまえの爺様が、十歳くらいの岩男を連れてきて、わしの弟として育てようとしたが、おまえの婆様が岩男を嫌った。で、岩男は雲ケ畑を出て京に働きに行ったんや、そこでお千香はんと知り合い、雲ケ畑に連れてきた。それが間違いのもとやったな」

と言うとしばらく無言で山道を進んだ。

「岩男が郷から離れた祖父谷川端の山小屋に住んだんは、わしらと離れて暮らしたかったからや。わしはあいつに山稼ぎの仕事をさせて、なんとか一家が食うていけるようにした。お千香はんはな、雲ケ畑のびんぼうがこれほどひどいとは思わんかったんやろな、岩男は京で、北山杉の山持ちで、山稼ぎの頭が実家やというて口説いたんやそうな。お千香はんの出は知らんが京の祇園社の門前町の育ちやな、京の都と北山の雲ケ畑は天と地ほど違うがな」

「おれは京は知らん。けど違うやろな」

「萬吉、おまえも雲ケ畑の暮らしが嫌いか、山稼ぎでは満足せんか」

「親父、おれは北山杉を育てる山稼ぎより、磨丸太を使うてな、大きな屋敷やらお宮はんを建てる宮大工になりたいんや。それには雲ケ畑では修業はできんがな」

「雲ケ畑のだれもが一度は京の暮らしを夢見るな」

「親父は京の暮らしを夢見んか」

「北山杉の商いで京には何べんも行ったがな。けど、暮らしは好かんな、都の人間はせつろしいて、こぜわしないがな」

千之助は京の暮らしは忙しくて急《せ》き立てられるようだと言った。

「京はそんなとこか」

「ああ、行かんと分からんやろ」

父親の言葉は、萬吉が一時の夢を見ているのだと指摘しているように聞こえた。

「宮大工は険しいで」

「せやろな、けどやりたいんや。うちは兄きがふたりおるがな、そんで山稼ぎをやっちょる。跡継ぎにはこまらんやろ」

ふたたび無言で歩いていた千之助が、

「行ってこいや」

と過日許しを与えたときと同じ返事をした。

長兄はすでに梅ケ畑郷の女と所帯を持っていた。次兄は独り身だがいずれ所帯を持つのは知れていた。

「おれが京に出て大工になってよ、磨丸太を使うんは雲ケ畑のためになるがな。雲ケ畑はいつの日か小野郷や中河郷《なかご》にならんとあかん。いまのままやといつまで経っても中河郷や小野郷の名で磨丸太を売らんとあかん。儲《もう》けもすくないやろ」

千之助は、兄ふたりと違い、末弟《まってい》の萬吉の考えには行動力も挑戦心も秘められていることを承知していた。だが、雲ケ畑では跡継ぎは長男に決まっていた。萬吉がそのことも考えて京奉公を決めたことを察していた。そして、なんと京見峠に行った折りに、祇園の老舗の茶屋花見本多の主夫婦と知り合いになり、そのあとも文を交わしていると聞いて、萬吉が嫡子でなかったことを残念に思った。兄ふたりに萬吉の才はない。すでに花見本多の主を通して修業先の宮大工の棟梁に話がついていることに驚いた。村長の嫁に読み書きを習い始めたときも、宮大工になる心算があっての行動だと感心した。

だが、千之助の口をついて出たのは、

「何十年後の話をすな」

という怒りを含んだ言葉だった。

「そやさかい、おれは春になったら京に修業に行くんやがな。宮大工の奉公は一朝一夕《いっちょういっせき》には成らんわ、十年で半人前やろが」

千之助はもはやなにも言わなかった。

ふたりは、いったん杉坂郷に下りて西にある小野郷に向かった。雲ケ畑の出合橋からおよそ山道を一刻半かかった。ヤマもよく歩いて従った。

清滝川《きよたきがわ》に沿った中河地域菩提道《ぼだいみち》の両側には、雲ケ畑では見かけられない北山杉の磨丸太が何百何千と並べられた材木商が何軒も並んでいた。

千之助は清滝川左岸の土蔵のある北山杉の銘木商菩提屋の橋を渡った。その背後には見事な杉林が広がっていた。

父子は夕暮れ前になんとか辿りついて、ほっとした。すると二人が橋を渡るのを見ていたか、

「おや、千之助はん、どないしはったんや、倅《せがれ》と犬なんぞ連れて」

と菩提屋の主の六代目杉蔵《しんぞう》が姿を見せて尋ねた。菩提屋は中河郷にも小野郷にも店を持つ北山杉の銘木商の老舗だ。

「ちいと杉蔵はんに相談があるんや」

「なんやええ話やないな」

杉蔵の問いに千之助が頷いて肯定した。

「うちの郷の山稼ぎの岩男を承知やないか」

「うちには出入りしとらんが顔は承知や。あんたの異母弟やったな、なにをやらかしたんかい」

北山杉を扱う中でも有数の銘木商はそんなことも承知だった。

「六代目、そういうこっちゃ、すべてあんたはんに話すわ」

と前置きした千之助が立ち話ですべてを告げた。

「百年ものの出絞やて、それを岩男はんが見つけたんか。ほんまもんならひと財産やがな」

「わしの三男のこいつ、萬吉を子どもとみたか、うっかりと喋りおったらしいわ。そんで十四の倅に、山には持ち主がおる、天絞を切って売ったりしたら泥棒やと注意されとる。その岩男がこの二晩、八歳の娘がひとりしかおらん家に帰ってへんのや。雲ケ畑の山に百年もんの出絞などありゃあせん。あるとしたら中河郷か小野郷の山やろ」

「ああ、この話がほんまもんならな」

と答えた杉蔵がやがて菩提屋の七代目を継ぐ太郎吉《たろきち》を呼んだ。

萬吉も一、二度会っており顔見知りだ。

お互いに会釈し合ったあと、六代目から話を聞かされた太郎吉は、

「岩男はんがしばしばこの小野郷の飲み屋に来とるんは承知や。岩男はんの懇意《こんい》は山稼ぎのぬけ尻《じり》や。親父、千之助はん、わてがぬけ尻を探してみるわ。萬吉はん、わてといっしょに来んか」

と萬吉を誘った。

「頼むわ、太郎吉はん。親父、ヤマを連れていくで」

と応じた萬吉は背に負うた竹籠を下ろして縄を出すとヤマの首輪につけた。

中河郷から小野郷まで川沿いにそれなりの道のりがあった。

「ぬけ尻の名はなんや、太郎吉はん」

「名な、だれも知らんやろ。昔からぬけ尻と呼ばれとる。安酒に酔ってしくじった折りの綽名《あだな》やな」

飲み屋と太郎吉が言った小野郷の店は、北に清滝川の上流へと上った杉坂口にあった。

夕暮れ前で飲み屋には山稼ぎの男衆が何人もいて、太郎吉を見ると、

「若旦那、どないしたん、若い衆《わかいし》と犬連れで酒呑みにきたんと違うな」

と山稼ぎのひとりが尋ねた。

「ぬけ尻がどこにおるか知らんか」

「若旦那、ぬけ尻はこの二、三日、見かけてへんな」

別の山稼ぎが答えた。

太郎吉は狭い飲み屋を見回してひとりの山稼ぎを見て、

「猪助《いのすけ》、ちと付き合え」

と命じた。

「わてどすか」

「おお、おまえや。親父、今日の猪助の飲み代はわてが払う。明日、うちに取りに来いや」

小野郷の老舗の材木商菩提屋の跡継ぎにはすでに貫禄《かんろく》があった。飲み屋の主の年寄り爺が、

「へえ、若旦那はん、承知しましたわ」

と神妙に返事をした。

猪助と呼ばれた山稼ぎは怖《お》ずおずと従ってきた。

「猪助、ぬけ尻の家に案内せいや」

「若旦那、あいつ、磨丸太の作業場で寝泊まりしとるがな。このところ小野郷界隈にはおらんで」

と猪助が言い切った。

「ぬけ尻がどこにおるか心当たりないか」

猪助と呼ばれた山稼ぎが萬吉と犬のヤマを見た。

「雲ケ畑の山稼ぎの頭の倅はんや。萬吉はんというて、わての知り合いや」

「岩男はんと関わりあることか」

「ああ、岩男はんはこの二日、家に帰ってへんそうや。幼い娘ひとりでこの犬と暮らしとるんや。これまで二晩も留守したことはないそうや」

太郎吉の話に猪助はしばし、どうしたもんか、という顔付きで考え込んだ。

「猪助、おまえが話に関わってへんなら、知っとることを話さんかえ。悪いようにはせんわ」

「若旦那、わてを菩提屋で働かせてくれへんか」

猪助が即座に願った。

萬吉は、猪助の言葉に磨丸太を扱う銘木商菩提屋の力を知らされた。

「それを決めるんは親父や。それもこれもこの一件の話次第やで」

「分かったわ。まず作業場に行こか」

猪助は清滝川から裏手に入った作業場に太郎吉らを連れていった。作業場の背後から美しく手入れされた杉林が始まっていた。こんな杉林は雲ケ畑にはなかった。

「ここがぬけ尻の棲み処《か》や」

と言った猪助が作業場の裏手の小屋に独り入っていった。

萬吉はぬけ尻なんて綽名の山稼ぎと岩男おじは付き合いがあったのかと思い、悪い予感がした。

「やっぱりおらへんで」

小屋の戸を開けた猪助が、

「なんや、くさいな」

と言いながら三畳間の広さの小屋をふたりに見せた。

うす暗い夕暮れの光で萬吉は見慣れた竹籠が置かれているのを見た。岩男が山稼ぎに携《たずさ》えていく籠だった。萬吉は竹籠に古びた綿入れがあるのを見て、岩男のものだと確信した。それを感じたかヤマが竹籠をかぎ回った。

「話せや、猪助」

「ぬけ尻と岩男のふたりは、なんぞ企《たくら》んどるわ、若旦那」

「そんなことは分かっとるわ。何を企んどるのか、猪助、承知か」

「厄介な話やで、仲間を売りとうないな、若旦那」

「駆け引きすなや、おまえ、うちで山稼ぎをしたいんか、しとうないんか」

「菩提屋は銭払いがええわな。それに山も広いさかい、仕事はなんぼでもあるちゅうことや」

「話次第やで」

「雲ケ畑の御仁はわての知ったことやないけど、ぬけ尻はわての朋輩《ほうばい》や、ぐつ悪いがな」

「売りとうないか」

「ああ、若旦那はん」

太郎吉がしばし間を置いて言った。

「猪助、百年もんの出絞の一件やろが」

「なんや、若旦那は承知かいな」

「承知や。けどな、その出絞がどこにあるかが知れんのや」

ふうっ、と猪助は息を吐いた。

「猪助、この話、小野郷界隈の山稼ぎは承知か」

「いんや、わても偶々《たまたま》な、あのふたりがひそひそ話するのんを耳にしただけや。ほんまの話かどうか分からんがな」

「二晩、ふたりしておらへんがな。もったいつけんと話さんかい」

「岩男はんの話やと、岩屋川と半国高山《はんごくたかやま》の谷間にあるちゅうことや」

「なんや、うちの持ち山やがな」

半国高山は、標高二千二百尺余（約六百七十メートル）はあり、北山ではそれなりに高い標高の山だった。

「若旦那、わての知ることはこんなもんや、あらいざらい話したで。菩提屋で仕事させてくれるな、七代目」

「おお、なんとかしよやないか。猪助、明日の朝六つ（午前六時）の刻限《こくげん》に山仕度でうちに来んかい」

「暗いがな」

「おおさ、半国高山の百年もんの出絞を見にいこやないか、案内せえ」

ああー、と猪助が悲鳴を上げた。

四

明朝六つ、千之助、萬吉親子に太郎吉、菩提屋の若い衆三人と猪助が加わって七人、それにヤマが加わり、山稼ぎの形で小野郷の岩戸落葉《いわとおちば》神社から山道を進んだ。猪助が先頭を行く。

昨夕、太郎吉は猪助と別れたあと、萬吉に、

「猪助はぬけ尻と同じ穴のムジナや。百年もんの出絞を見つけたのは岩男はんやろうな、出絞があるという半国高山は持越峠に、つまりは雲ケ畑に近いがな、岩男はんはあそこがうちの山と承知していたんや。それでうちの様子を承知のぬけ尻を誘った。となるとぬけ尻が猪助に話さんわけはない」

「太郎吉はん、ふたりのほうが三人より分け前がええのと違いますんか」

「そや、ふたりのほうが分け前はいい。岩男はんは話した相手が悪かったんや。途中で外されるのは眼に見えとる。小野郷の山稼ぎの絆は、雲ケ畑の山稼ぎより強いでな」

と言い切った。

なんと岩男は出絞を見つけたときから裏切られるさだめにあったというのだ。

「岩男はんはな、うちに出絞の場所を教えとけば、分け前を大威張りでそれなりにもらえたんにな」

とも太郎吉は言った。

昨夜、千之助と萬吉は菩提屋の離れに泊まった。京から銘木商が訪ねてくるせいか、立派な離れ屋だった。ヤマもエサを貰《もら》って離れ屋の土間に寝た。

確かに猪助は六つ前にやってきた。そして、

「案内せえや」

「若旦那はん、わてはぬけ尻からおよその話を聞いただけや、三日前にぬけ尻は『百年もんの出絞を確かめてくるがな。酔っぱらいの親父の言うことはあてにならんでな』と言い残して谷に入りましたんや。そんでそのまんまどすがな」

と太郎吉に言い訳した。

「猪助、おまえが見に行ったとこまで案内せえや」

「するがな。けど、昨日の話、約束やで」

「おまえの働き次第や」

そんな話が繰り返された挙句、猪助を差し当たって案内人にした一行は、岩屋峠への山道を進み、途中から沢へと下りていった。

山稼ぎをしてきた萬吉だが、小野郷の菩提屋の山に入ったことはなかった。落ち葉が重なる崖路《がけみち》を萬吉はヤマを従えて下りていった。途中から北山杉の生える地面に変わって歩きやすくなった。岩屋川には水はさほど流れていなかった。きれいな水があちらこちらから湧き出ていた。

そんな場所で一行は初めて休んだ。

朝めしの握りを食うことにした。菩提屋の女衆が拵《こしら》えたもので山稼ぎの男衆にいつも持たせるから慣れたものだ。

萬吉はすべてにおいて小野郷の北山杉林は手入れが行き届き、さらに広大であることに気づいていた。

「親父、雲ケ畑の杉林はあかんな」

「ああ、菩提屋はんの杉林を見倣《みなら》わんとあかん。けどな、わしら山稼ぎの技だけやない、土地や、北山杉が生える山の斜面が違《ちご》うとるがな。清滝川筋と岩屋川筋はなんかが違うがな、地面の土と陽射しかな」

父子の問答を聞いていた太郎吉が、

「萬吉はんは京の宮大工の修業に入るそやな」

と不意に言った。

「うちはふたり、兄がおりますんや。わては京で宮大工になりとうおす」

「聞いたがな、親父はんにな。祇園の老舗の花見本多の旦那が口添えしてくれるそやないか」

「親父から聞きましたか。偶さかそんな話になりましたんや、二年前のことや」

「宮大工の棟梁の名を承知か」

「いえ、わてはまず花見本多を訪ねることになっとります。そこで棟梁はんのとこへ連れて行ってくれるそうどすわ」

「太郎吉はん、二年前、子どもとの話どすがな。相手はんは忘れとるんと違うやろか」

千之助がいまひとつ信用できんといった表情で言った。

「千之助はん、いい加減な話と違いますわ。菩提屋には京の宮大工の棟梁たちが磨丸太や天絞をじかに見に来はります。ここでは名は敢《あ》えて言いまへんがな、わてはその棟梁を承知やと思うわ。あのお方なら生涯の棟梁や、萬吉はんを一人前の宮大工に育てはるがな」

と太郎吉は言った。そして、

「萬吉はんは賢いがな、山稼ぎでももはや一人前や、歩きを見たらわかります。千之助はん、雲ケ畑の出の宮大工、うちらにとってお客さんやがな、十年先が楽しみや」

と言い切った。

「萬吉があてにしとる宮大工の棟梁は菩提屋はんの客どしたか」

「京でも一、二の立派な棟梁の家系やがな、神社仏閣だけでのうて茶屋や数寄屋造の別邸まで手掛けますんや」

「萬吉、おまえ、辛抱《しんぼう》できるか。山稼ぎと違うがな」

「親父、案じんでええ。わては花見本多の旦那はんの顔をつぶさせへんわ」

その言葉を聞いた太郎吉がふっふふふ、と笑い、

「親父はん、心配ないがな。棟梁と弟子、縁がでけとったんや」

と言い、立ち上がった。

「猪助、もう遠《とお》うないやろ。おまえ、どこまで知っているねん」

「若旦那、ぬけ尻の話を聞いて推量したんや」

「そんでどこまで来てみたんや」

「この先の細い谷の入口やがな、なんやら恐ろしゅうてな、その先は迷いそうで独りで行ききらんかったんや」

と漏らした。

「行かんでよかったな。この谷はこの先でいくつもに分かれとるはずや。うちの山の中でだれも知らん秘《ひ》め谷《や》や。許しもなく入った者《もん》は二度と出てきいへん」

と菩提屋の跡継ぎが言い切った。そして、従えてきた若い衆に目顔《めがお》で命じた。

その者が背負ってきた竹籠の中から酒、塩などを出させて、近くに生えていた青竹を二本切らせて斎竹《いみたけ》とし、谷の入口の左右に立てた。そして簡易な祭壇を設えて酒と塩を捧げ、御幣《ごへい》を出した太郎吉が祈禱《きとう》をした。

千之助、萬吉父子は期せずして太郎吉がなんとなく百年ものの天然の出紋があるとしたらこの秘め谷だと予測していたのではないかと考えていた。

一行は太郎吉に従い、千之助から順にこれまた用意されていた梛《なぎ》を捧げて秘め谷に入る許しを乞《こ》うた。

萬吉はかえでの父親の岩男とぬけ尻としか知らぬ小野郷の山稼ぎの無事を祈った。

「太郎吉はん、うちらが菩提屋はんの秘め谷に入ってよかろうか」

「こたびの一件には人ふたりの命がかかっとるがな。秘め谷やからというて、そのままにはできまへんやろ」

「わしの異母弟が心得違いをしたばかりにすまんことどす」

千之助が菩提屋の跡継ぎに詫びて太郎吉を先頭に谷に入った。木々の茂る岩場には何百年も人が入り込んだ気配はなかった。

祈りを捧げた場所から一丁（約百九メートル）も入り込んだ谷地で岩場が一行の行く手を塞《ふさ》ぎ、その岩場に人ひとりがようやく通れる幅の谷がいくつか分かれてあった。

先頭を行く太郎吉が、

「ううーん」

と唸った。

「太郎吉はん、ここから先はヤマに任せてくれんやろか」

萬吉がぬけ尻の小屋に残されていた岩男の着古した綿入れを出してヤマに嗅がせた。

「ヤマ、岩男おじのにおいを辿らんか」

萬吉の命にくんくんと綿入れを嗅いでいたヤマがいくつかの谷の細い入口を嗅ぎ、左手の一番幅の狭い抜け道に入っていった。他の谷は下に水が流れていた、だが、左側の抜け道は岩が点々として曲がりくねって奥へと向かっていた。ヤマのあとに首輪から縄を外した萬吉が、そのあとに太郎吉が続いた。岩場から茂った木々の間の谷をどれほど入ったか、途中いくつもの分かれ谷があった。だが、ヤマは迷うことなく先へと進んでいくと不意に行く手が開けた。

半国高山の西壁か、行く手を塞がれた一行が戸惑っていると、ヤマが頭上の岩場の一角を見て、
ワンワン
と激しく吠えた。

岩場の一角に、何本もの綱が結ばれた一本の古杉が垂れさがっていた。

「嗚呼《ああ》ー」

と悲鳴が若い衆の口から漏れた。吊り下げられた木の下に人がひとり落下していた。すでに死んでいるのは明白だった。

「ぬけ尻や」

と猪助が叫んで近寄った。

「太郎吉はん、あれが百年ものの出絞やろか」

と千之助が質した。

「間違いないわ。ぬけ尻たちは出絞を切り出して岩壁の上に吊り上げようとして谷に落ちたんや」

萬吉はふたたびヤマに岩男を探すように命じた。

ヤマは巨大な岩場をあちらこちら走り廻《まわ》っていたが、岩場の右手から出絞が吊り下がった場所へ上がる道を探し当てて登り始めた。

「親父、太郎吉はんと岩壁の上に登ってみるわ。親父たちは谷で待ったほうがええ」

ヤマに導かれてふたりは高さ二十丈（約六十メートル）もありそうな岩壁の端を伝って登っていった。だが、この登り路は獣道《けものみち》か、ヤマがやたらと崖路のにおいにこだわった。

「太郎吉はん、おじきとぬけ尻は、出絞を小野郷に下ろそうとしたんやないな。岩屋峠の東の宮の谷から、持越峠か杉坂に運ぼうとしていたんと違うやろか」

「萬吉はん、そのほうがなんぼか楽や、間違いないわ」

ヤマとふたりは巨岩《きょがん》の頂《いただき》に登りついた。そこには萬吉の推量どおり、岩場の下から出絞を持ち上げて、半国高山の北側から持越峠か、あるいは杉坂に下ろそうと考えたのだろう。出絞を巨岩の位置まで吊り上げたまではいいが、その重さで綱が切れて巨岩の下へと落下したと思えた。その際にぬけ尻は出絞といっしょに跳ね飛ばされたと思えた。

ヤマがあたりをくんくんと探し廻っていたが、岩場の間に岩男の血まみれになって死んでいる姿を探しあて、哀《かな》し気に吠えてふたりに知らせた。

縄を手にした岩男も出絞の落下の際に飛ばされたのであろう、胸を強打していた。

萬吉はかえでが独りぼっちになったことを知った。

太郎吉が萬吉のかたわらに来て、しばし無言で見ていたが、

「ふたりの骸は小野郷に下ろすより岩屋峠に運んだほうがええで」

と言った。

「太郎吉はん、おじきも岩屋峠からここに入って出絞を見つけたんやろ」

「間違いないわ。この出絞、ふたりで切り出して運べるもんやないわ」

と吐き捨てた。そして、巨岩の下に待つ千之助ら一行に向かって叫んで事情を告げた。

「萬吉はん、親父はんと話すけどな、この天絞騒ぎは山稼ぎの事故で死んだという風にしたほうがええのんと違うか」

「わてもそう思いますわ」

「この天絞がこの岩場の下に生えていたっちゅうことは、まだ近くを探せば、何本か見つ

かるはずや。萬吉はん、この推量はだれにもしばらく黙っていてくれんか」

と太郎吉が菩提屋の跡継ぎの考えをしめした。

「太郎吉はん、ここは小野郷、それも菩提屋はんの山どすがな。うちが関わることと違います。岩男おじの件で迷惑かけたんはうちどす。その始末だけさせてもらいます」

と萬吉は言い切った。

「おおきに、恩にきるわ」

と太郎吉が感謝した。


巨岩に宙づりになっていた出絞を全員でいったん崖上に持ち上げた。

「太郎吉はん、こりゃどえらい天絞やがな、わしは見たこともおへん」

と千之助が樹皮を撫でて言った。

径が幹元で四寸（約十二センチ）から五寸はあった。この大きさと重さに岩男とぬけ尻のふたりは死ぬ羽目になったのだ。

「京で新築やら改築を考えとる神社はんやお寺はんは、言い値で購いまっせ」

千之助の言葉には羨《うらや》ましさが込められていた。

「その折りには報告させてもらいます。まずは、ふたりの骸を持越峠に運ばんといけまへんな」

と太郎吉が言い、竹で作った担架にそれぞれ載せて、岩屋峠に向かった。小野郷に帰る太郎吉らと、そこで二組に分かれた。別れる折り、太郎吉が菩提屋の若い衆のひとり朝三郎《ともさぶろう》に持越峠まで手伝えと命じた。

「助かります、太郎吉はん」

「こたびのことは相見互いやで、案ずることあらへん」

と太郎吉が言い切った。そんなわけで、竹で即席に作った担架の前を萬吉が、後ろを朝三郎が持って山道を宮の谷に向かった。萬吉の前には手柄を立てたヤマと千之助が歩いていく。

「太郎吉はんはなかなか物分かりのええ若旦那やな」

と千之助が朝三郎に話しかけ、

「雲ケ畑の旦那はん、当代よりやり手と、京の商人の間でも小野郷でも評判どすわ。今は中河郷の店を任されてはります」

と朝三郎が答えた。

「菩提屋は盤石《ばんじやく》や」

と千之助が言い、

「萬吉、おまえも太郎吉はんと話が合うようやな」

「大人と子ども、比べもんにならんがな。太郎吉はんはすでに菩提屋の七代目の仕事してはるわ」

「ああ、うちとえらい違いや」

と千之助が長男と次男を脳裏に浮かべたようでそう言った。

持越峠の杣小屋に岩男の骸を運び込んだ。

朝三郎は明るいうちに小野郷の菩提屋に戻るという。萬吉も雲ケ畑に岩男の悲劇を知らせにいけと千之助に命じられて、ヤマといっしょに峠道を下った。

萬吉は最初に知らせるのがかえでだと、そのとき、気づいた。

「ヤマ、なんと言うたらええんや」

飼い主が死んだことを察していたヤマに話しかけたが、犬はちらりと萬吉を見ただけだった。

萬吉とヤマが雲ケ畑の村長の屋敷に辿りついたのは、夕暮れ前の刻限だった。そこで初めてヤマが吠えた。かえでが表戸に飛び出してきて、

「萬吉あにさん、どないやった。おとんは小野郷におったか」

と質した。

「ああ、おったわ」

と言うところにお茂や亭主の大江《おおえ》六紅や隠居の寿衛門《じゅえもん》らが姿を見せた。かえでが疲れきったヤマの様子を見て土間に下りて、飼い犬の体を抱いた。

「どないやった」

当主の六紅が萬吉に尋ねた。

「村長はん、岩男おじは半国高山の秘め谷で亡くなっとりました」

辺りに奉公人らがいないことを確かめた萬吉の沈んだ言葉を聞いたかえでが、

「あにさん、嘘やろ。嘘やて言うて」

とヤマを離すと萬吉にすがりついて叫んだ。だが、かえでは萬吉とヤマの様子を見たときから悲劇を察していた。

「かえで、おれも嘘をつきたいわ。けど、かえではいつもおれに、どないに辛《つろ》うても真のことを話してんかと言うてるやろが」

「うち、どうすればいいん、独りぼっちやがな」

「ヤマがおる、おれもおる。村長はんちのお師匠はんもおるやないか」

かえでは萬吉に縋《すが》って、わあわあ、泣いた。

「かえで、がまんし。ここは村長はんの屋敷や」

萬吉がかえでを抱きしめながら耳元で言い聞かせた。

「萬吉、かえでが好きなだけ泣かせてええがな、落ち着いたら話を聞かせせんか」

と六紅が言った。その言葉を聞いたかえでが、

「村長はん、すんまへん。うち、どうしてええかわからんのや。ヤマとふたりや」

と言いながら必死で泣くのを堪え、萬吉に尋ねた。

「うちのおとんはどこにおるん」

「持越峠の杣小屋まで運んできたがな。うちの親父が付き添っとるわ」

萬吉の言葉を聞いた六紅が奉公する男衆に、

「杣小屋に行く仕度をせえや」

と命じて、

「萬吉、話を聞かせてんか」

とかえでの様子を気にしながら言った。

「かえで、おれの話を聞くんは辛《つろ》うないか」

「つろうても聞かせてえな、あにさん」

「分かった」

土間から座敷に招《しょう》じ上げられた萬吉は、六紅とお茂、隠居の寿衛門とかえでに小野郷

に向かった切っ掛けから起こったことのあらましを手短に告げた。それでも四半刻はゆうに過ぎた。

その間、かえでは歯を食いしばって萬吉の話を聞いていた。

「おとんは人の山に入って天絞を切ろうとしたんか、泥棒やがな。死んだんはてんばつや」

と最初にかえでがぼそりと口を開いた。

「ああ、岩男おじはやっちゃならんことをぬけ尻とやったんや。かえで、天罰ちゅうなら、おじは死んで罪を償《つぐの》うたんと違うか」

と応じた萬吉は菩提屋の跡継ぎの太郎吉とふたりだけで交わした、

「山稼ぎの仕事の最中に岩男とぬけ尻は事故で亡くなった」

ことにするという約定を一座に告げた。

「萬吉、そのことを承知なんはだれとだれや」

雲ケ畑の村長が質した。

「親父にも話してへん。太郎吉はんとわて、そして、ここにおる四人だけや」

しばし沈黙の時が流れた。

「萬吉、ようやったわ。太郎吉はんは菩提屋の跡継ぎ七代目になるお方で信頼できるがな。

それしかこたびの騒ぎを鎮《しず》める策はないな」

と六紅が言い切り、隠居の寿衛門が、

「雲ケ畑が磨丸太で生きていくには菩提屋はんに縋るしかないわ」

と話を締め、

「よし、持越峠の杣小屋で弔いやが、内々に済ますで」

当代が言った。

萬吉は、長い一日は未だ終わっていないと気を引き締めた。

第三章　花の兄

一

内々だけの岩男の弔いが終わった。

雲ケ畑の村長と山稼ぎの頭の限られた身内だけが持越峠の杣小屋に集まり、洞谷寺の和尚が読経するのをかえではただ淡々とした表情で聞いていた。読経が終わり、持越峠の墓地に岩男の骸を埋めるとき、かえでの両眼から涙が流れつづけた。だが、萬吉に片手を握られたかえでは泣き声ひとつ上げなかった。

弔いが終わった昼下がり、かえでは雲ケ畑の村長大江家に連れていかれた。その場に萬吉も同行した。道中、かえでは一言も言葉を発しなかった。

大江家の嫁であり、ふたりの手習い師匠でもあるお茂が、

「明日な、手習い塾をやるで」

萬吉とかえでに言った。

「お師匠はん、お願いします」

と萬吉は答えた。

だが、かえでは相変わらず言葉を発しなかった。

萬吉が村長家を出る折り、かえでがヤマといっしょに家の外まで出てきた。

「かえで、よう聞け。おまえは独りやないで。ヤマもおれもおるがな。お師匠のお茂はんもついてはるがな、今日はなんも考えんと休め」

と手を握って言い聞かせると、

「あにさん、うち、村長はんの家にいつまでもせわになるのんはいけんやろ」

とぽつんと言った。

萬吉はしばし考えて、

「そのことはきっとお師匠はんが明日の手習いの折りに話しはるがな。そんときまでな、かえで、なにも考えんでええ。ヤマはうちに連れていこうか」

「ヤマはあにさんのとこでええんか、うちに連れていかんでええんか」

「ヤマも一匹だけで山小屋に置いとかれんわ。明日からのことは、お師匠はんとおれと話すんや、ええな」

かえでは萬吉の手を離すとヤマを両腕で抱いて小さな泣き声を上げた。ヤマはなにが起こっているか承知のようで、じいっとかえでの腕に抱かれていた。

「かえで、お師匠はんが待ってはるがな」

萬吉の言葉に、

「あにさん、うち、ヤマと山小屋に帰ったらいかんか」

「かえで、みなが却《かえ》って心配するがな。村長はんの家に今晩は世話になるんや、ええな。ヤマの面倒はみるでな」

かえでがヤマの体から手を放し、ヤマに、

「あにさんのとこへいくんや」

と命じた。

萬吉は首輪に縄をつけて、

「また明日な」

と言い残すと家に戻っていった。

家に戻ると、菩提屋の太郎吉の姿があった。

「おお、帰ってきたか」

萬吉を見ると、太郎吉が親しげに声をかけた。

父親の千之助が、

「菩提屋の七代目がおまえに話があるそうや」

と言った。頷いた萬吉は、

「太郎吉はん、ちいと待ってくれんか。ヤマに飯を食わせるでな」

と願った。

「おい、萬吉、菩提屋の七代目の言葉にあらがうんやない。山小屋の犬なら山小屋に置いてこんかったんか」

次兄の次郎助《じろすけ》が怒鳴った。

萬吉に会いにきた太郎吉に媚《こ》びを売っているように思えた。萬吉は磨丸太の老舗菩提屋の跡継ぎに目顔《めがお》で願うと、

「兄はん、ひと晩くらいうちに置いてもええやろ。太郎吉はんにはヤマの世話をしたら詫びるがな」

と言うとヤマを連れて台所に向かった。母親の君代が、

「萬吉、いつまで山小屋の娘と遊んどるんや。弔いが済んだら放っとかんかいな」

「お母はん、おれと従兄妹同士のかえでが独りになったんやで、八つの娘をほっておける

もんか。今晩も村長はんのとこに世話になっとるがな。ヤマに飯を食わせるくらいなんでもなかろうが」

と言い返した萬吉は女衆にヤマの飯を願った。

「お母はん、明日からのことは、村長はんの嫁はんと話すことになっとる」

と言い残すと急ぎ、太郎吉のところに戻った。

「太郎吉はん、えらい待たせてすまんこってす」

「岩男はんの弔いは終わったそやな」

「へえ、終わりました。ぬけ尻はんの弔いはどないやった」

「おお、山稼ぎで身罷ったことにして済ませたわ」

「えろう世話になりました」

「お互いさまや、と言いたいがぬけ尻は独りもんや。岩男はんには幼い娘がおるがな、大変はそっちやろ」

へえ、と応じる萬吉に次郎助が、

「萬吉、菩提屋はんの若旦那はんになんちゅう口の利きようや。親父が応対するがな、おまえは抜けとれ」

と萬吉の耳元で囁いた。

「次郎助はん、わてと萬吉はんはえろう気が合うてな、こたびのことであれこれとあったでな、許してんか」

と太郎吉が応じた。

「菩提屋はん、年端もいかん末弟が付け上がりますがな」

「まあ、よろし。わてと萬吉はんに話させてんか。親父はんがおるさかい、妙な真似はしいへんわ」

とその場から次郎助を追い払った。

千之助、太郎吉と萬吉の三人だけになった。

「出絞やがな、あの界隈の林の中に他に三本見つかったがな、どれも天然絞としては、なかなかのもんやで」

「さようか、菩提屋はんの山で出絞を見つけたのは、岩男とぬけ尻のふたりのただ一つの手柄かもしれんな」

と千之助が羨ましそうな顔で言った。それに頷いた太郎吉が、

「萬吉はん、あんたが一人前の大工になるまでこんど見つけた出絞三本は取っといてもええで」

と年下の萬吉に真顔で言った。

「太郎吉はん、わてはまだ修業にも出てへん身や。十年先にどないなっとるかわからんがな、菩提屋はんが商いしたらええ」

「わてには萬吉はんの先が見えますんや」

と千之助に向かって言い切った太郎吉が、

「今日のな、うちの用事はこれや」

と懐から紙に包んだものを取り出した。

「丁銀《ちょうぎん》五枚や、三百匁《もんめ》はあるやろ、小判で五両ほどや。これをな、萬吉はん、あんたの手から、都合のよい折りにかえでではんに渡してくれへんか」

驚いた千之助は返答ができないでいた。そこで萬吉が、

「太郎吉はんが渡したほうがええのと違うか」

「うちが直《じか》に渡すとな、雲ケ畑の人間に内情を話さなならんがな」

菩提屋としても岩男は山稼ぎで死んだことにして、出絞のことは話を拡げたくない様子だった。

しばし考えた萬吉は父親の顔を見た。頷くのを見て、

「太郎吉はん、わてがお預かりしてな、かえでに時を見て渡しますわ」

と応じた。

「安心したわ」

と応じた太郎吉が、

「近々萬吉はんが弟子入りする宮大工の棟梁が中河郷のうちの店に訪ねてきよるがな。あんたのことはよう話しとくでな」

「太郎吉はん、こたびのことで修業の時期が遅うなるかもしれまへんわ」

「いや、それはいかんで。かえではんのことは雲ケ畑の村長はんやあんたの親父はんらに助けてもらいいな、奉公するのんは一日も早いほうがええ。萬吉はんの体は山稼ぎでできとるがな。それに下手な大人より賢いわ。少しでも早う京に出て、しっかり修業しいや。うちも手助けするでな」

と言い切り、

「おおきに。太郎吉はんの言葉、肝《きも》にめいじますわ」

と萬吉も応じた。


翌日、萬吉が村長の家にお茂を訪ねると、かえでは山小屋に戻り、小屋の中を片付けておきたいと言ったという。そこでお茂は女衆をひとりつけて山小屋にやったというので、萬吉もヤマをつれて急ぎ祖父谷川の山小屋に向かった。すると村長のところに通いで勤める女衆のおさんの声が流れの音に重なって聞こえてきた。

「かえではん、独りで暮らす気かいな、その歳や、無理やがな」

「けど、うち、村長はんのとこにいつまでもやっかいになるわけにいかんやろ」

「その一件はかえではんのお師匠はん、お茂はんと話をようせんとな。今日は山小屋を片付けて岩男はんの仏壇を造りいや」

洞谷寺の和尚が書いてくれた戒名《かいみょう》の木札をかえでは山小屋に持ってきたようだった。

かえでの気配にヤマがワンワンと吠えて、かえでに知らせた。

「ヤマも帰ってきたんか」

かえでが山小屋から飛び出してきた。

ヤマが萬吉をちらりと見て、飼い主に飛びつき抱きついた。

「かえで、やっぱり山小屋に戻るつもりか」

「おとんのぶつだんを山小屋におくならば、うちもヤマもここで暮らしたほうがええやろ。うち、おとんがおらんでもひとりでなんでもできるがな」

「それはできるやろな。けど、かえで、お師匠はんとよう話し合うてからのことや。今日は山小屋の中を片付けるだけにしとき」

萬吉はかえでに言い聞かせた。

かえでは萬吉の言葉にも返事をせずにヤマを伴い、山小屋に戻った。萬吉も従い、

「おさんはん、どない思う」

と雲ケ畑の女衆で村長の家に通い奉公して台所仕事などをしているおさんに聞いた。

おさんは四十過ぎのとき、亭主を山稼ぎの事故で亡くしていた。だから、かえでの気持ちがわかると思い、お茂がかえでにつけて山小屋にやったのだろう。

「萬吉はん、八つの娘が独りぐらしは無理やわ。当分村長はんの家で世話になったほうがええんと違うか」

とおさんは答えた。

おさんにはふたりの倅とひとりの娘がいたが、すでに二十歳を過ぎて倅たちは山稼ぎをして、娘は小野郷に住込み奉公していた。それで自分は何年か前から村長の屋敷で働いていた。そのおさんが萬吉と同じ考えを述べた。

「かえで、この雲ケ畑で暮らしていくんや、大人の言うことを聞かないかんがな。手習い塾のお師匠はんの考えを聞いてな、決めや」

かえでは黙り込んだまま考えていたが、うん、と頷いた。

「あとでな、お茂はんと話をしようやないか」

「そうする」

とかえでが言った。

「仏壇はわてが造っちゃるがな。そしたら村長はんの家にいったん帰るで」

とかえでに念押しした萬吉が、

「おさんはん、わてがかえでについとるがな」

と言うと、

「ならば、うちは仕事に戻るわ」

とおさんは山小屋を出ていこうとした。

おさんの見送りに出ようとした萬吉を見たかえでが、洞谷寺の和尚が弔いの場で「祖父谷水守岩男居士」と書いた位牌《いはい》を狭い山小屋の囲炉裏端に置いた。

「おさんはん、おおきに」

かえでの言葉に送られておさんと萬吉は山小屋の外に出た。

「萬吉はんはかえではんの面倒をようみはるな」

「わての親父とかえでの父親の岩男はんは、母親はちごうても、兄弟やろが。わてらは従兄妹やがな」

「萬吉はん、あんたは、岩男はんが雲ケ畑で生まれたんやないことを承知やったか」

「どこで生まれたかは知らへん。けど、うちの爺様が外で生ませた子やということを承知や、親父から聞いたがな」

「そうか、あんたんちの中で岩男はんは浮いてはったがな。そんで家には一時しか住まんで、山稼ぎを辞めて京に出たんやろな」

「そう思うわ」

と応じた萬吉は、

「おさんはんはかえでのおかんを承知か、お千香はんのことや」

と話題を変えた。

おさんはむろん萬吉が十四歳ということを承知していた。だが、背丈も大きく、落ち着いた挙動で話ができた。おさんは萬吉が雲ケ畑の若い衆の中でも賢いことを承知していた。だからこそ、村長の嫁のお茂はんが読み書きを萬吉とかえでに教えているのだと思っていた。

「むろん承知や。京の女子はんがいきなり雲ケ畑の暮らしはできへんかったな」

「村長のお茂はんは暮らしてはるやないか」

「ああ、同じ余所者やけど、お茂はんの嫁入りさきは貧乏村でも村長はんの家や。けど、お千香はんの住まいは郷はずれの、この山小屋や」

とおさんが貧相《ひんそう》な山小屋を振り返った。

「祝言《しゅうげん》もせんくっつき合いを、この郷の人は許さへんわ」

「おさんはんは、お千香はんが雲ケ畑を出ていったことを知っとるな」

「ああ、およそ曰くは知っとるわ。けど、うちの口から言えへん。あんたはお茂はんと親しいやろ、あちらに聞きいな」

そう言ったおさんが、

「かえではんは、お千香はんが生きていることを承知かいな」

と萬吉に問い返した。

「はっきりとだれの口からも聞いたことはないやろ。けどな、こんどの騒ぎで岩男おじが死んだ折り、弔いは内々に済ませたがな。あの場の雰囲気でな、なんとのうかえでは気づいていると思うわ」

そやろな、と返事をしたおさんが、

「なんで雲ケ畑の人間を呼ばへんかったんや」

「村長はんとわての親父が話し合って決めたことや。雲ケ畑の人間が小野郷の山稼ぎしていたんや、ごっつう都合もわるいがな。それに残されたんは、かえでひとりや」

「昨日、中河郷の菩提屋の若旦那はんが村長の家に挨拶にみえたな。菩提屋と雲ケ畑の村長では比べもんにならへんがな、岩男はんが雲ケ畑の人間ならば、うちの村長はんが『えろう迷惑かけましたな』と挨拶に行くのが筋やろが」

「おさんはん、わてもその辺りはよう知らんわ。雲ケ畑の岩男おじが小野郷の山稼ぎで死んだんや、太郎吉はんはそのことを説明に来はったんと違うか」

しばし沈黙の間をおいたおさんが、

「そやろか」

と訝しげな顔を見せた。

「うちが茶を出しに座敷に入った折りな、あんたの名が出ていたわ」

「ふーん、なんやろな」

「萬吉はん、京に奉公に行くのんと違うか」

「ああ、その気や」

「あんたなら岩男はんの二の舞はせんやろ」

と言い切った。

山小屋に戻るとかえでが、洞谷寺の和尚が書いた位牌を板の間の柱に打ち付けようとしていた。

「かえで、位牌に直に釘を打つんやない」

「なんでいかん」

「いかんもんはいかんのや。待て、おれが棚を造ってつけたるわ」

囲炉裏で燃やす杉の木っ端《こっぱ》板を組み合わせた萬吉は、器用に幅一尺（約三十センチ）ほどの棚を造り、かえでが打ち付けようとした柱に取りつけた。なかなか立派に見えた。

「かえで、川端にやぶ椿が咲いとったな。おじきの位牌に飾るんや、何本か取ってこい」

「やぶ椿より山茶花《さざんか》がおとんは好きやったわ」

「ならば山茶花でもええ」

かえでとヤマが祖父谷川の土手に咲いている山茶花を採りに行った間に、棚の真ん中に位牌を立て、茶碗に水を汲んで捧げた。かえでとヤマは、山茶花が赤い花をつけた枝を何本か手折《たお》ってきた。

「かえで、なんぞこの棚に置く水差しはないか」

「なんや、水差して」

「この山小屋にはあらへんな、待っとれ」

とこんどは萬吉が山小屋の裏手の竹藪《たけやぶ》に行き、一本手ごろな青竹を切り出すと、節を利用して竹の花瓶を作った。

「かえで、どや、竹の花入れや」

水を汲んで山茶花を挿《さ》すと、暗い山小屋の仏壇だけが華やいで見えた。

「あにさん、立派やわ」

「ああ、立派にできたわ」

ふたりは祖父谷水守岩男居士の位牌の前に合掌《がっしょう》した。

「あにさん、うちのおとんらしいとむらいや。うち、身内はおらんわ」

「かえで、おれも身内やないか」

「あにさんは身内や。おとんの身内はふたりだけや」

とかえでが言い、

「聞きたいことがあるんや」

「おれがいつ京に修業に行く気か、知りたいか」

「それもある」

「他はなんや」

「ほかのひととちごうて、萬吉あにさんはかえでになんでしんせつなんや」

「うむ、なんでやろな」

と言った萬吉は岩男の霊前で嘘をつけんと思った。

「かえでが好きなんや」

「はあ、うちも萬吉あにさんがすきや」

「お互い好き同士ということでええやないか。おれらの付き合いはこれからもずっと続く。雲ケ畑にいようと京に修業に行ってようと変わりない」

「ああ、うちも同じ考えや」

二

萬吉はかえでといっしょに村長の屋敷に戻って手習い塾の開始を願った。

師匠のお茂は、萬吉の申し出に頷いて承諾すると、

「かえではん、こたびは大変やったな。あんたの哀しみと寂しさはえろう厳しいもんやと思う。どや、手習い塾を始める前に三人で話を少しせえへんか」

と言い出した。

萬吉は、自分が京に修業に行く前の最後の手習いのときに、お茂がかえでと三人で話し合うと決めていたのを、この場に早めようとしているのだと思った。

父親の死で独りになったかえでが、これまで以上に悩んでいることをお茂は気にしていたのだ。

「お師匠はん、かえでは村長はんの屋敷にいつまでも世話になることを気にしているんや。そんでな、山小屋に戻って岩男おじの位牌を飾っていたんや。わてが手伝って位牌の置き場所を作ったたんや」

「そんなことやろと思うてたわ」

と返事をしたお茂が、

「うちにいるのんは窮屈なんか。そう遠慮せえへんでも、あての家はだれもかえではんがいることを気にしてへん」

かえでは黙ってお茂と萬吉の問答を聞いていた。それでも黙っていたが、首を横に振って、

「うち、どうしてええかわからへんのや、お師匠はん」

と小声で言った。

「当然やがな、たったひとりの身内が、父親《てておや》が身罷ったんや。独りぼっちになった幼いかえではんが迷うのは至極《しごく》当たり前のことやと思うわ」

お茂の言葉にまたしばし間を置いたかえでが、懐から古びた文を取り出してふたりに見せた。

「だれからの文や、かえで」

と萬吉が質した。

「二年前のことや、おとんにうちのおかんのことを聞いたんや。そしたらおとんは、おまえのおかんは死んだと答えたわ。うちがおかんの持ちもんはなにもないんかとただしたら、おかんの文や、とうちにわたしたんや。うちはその折り、いまとちごうて読み書きなんてできへんかった」

「かえで、読んだか」

と萬吉が質した。

「よんでへん」

「なんでや」

かえでが首を横に振り、

「こわかったんや。おかんがなにを考えていたんか、しるのがこわかったんや」

と答えたかえでがまた沈黙し、

「お師匠はん、あにさん、うちのおかんは生きとるんやな」

とふたりに質した。

萬吉はお茂の顔を見て、お互い正直に話すときがきたことを無言で訴え、お茂も頷いた。

「かえではん、お千香はんは生きてはる」

とお茂が言った。

「どこにおるんや」

「京やと思うわ。雲ケ畑からお千香はんがいなくなる前のことや。『もう雲ケ畑では暮らしていけへん』といくたびもあてに訴えたんや。けどな、お千香はんはそれでも我慢してはったわ。京の祇園で育った女子が北山の、それも小野郷や中河郷と違《ちご》うて、辺鄙《へんぴ》で貧しいこの郷で暮らしていくのは大変なこっちゃ。あてがよう知っとる。お千香はんは、かえではん、あんたを連れて京に戻りたかったんや。けど岩男はんがゆるさへんかったわ。いつもやや子のあんたを連れ歩いていたがな、そんで致し方なしにあんたを泣く泣くこの雲ケ畑に残していきはったんや」

とお茂が淡々とかえでに語り聞かせた。

萬吉はお茂の話を聞きながら、お千香ひとりが雲ケ畑から京へと立ち去ったのではないことを承知していた。雲ケ畑を出たあと、お千香は中河郷で北山杉の洗い作業や磨き仕事をしながら少しの間暮らしていたことを太郎吉から聞かされていた。そして、磨丸太を買い出しにきた商人といっしょに中河郷を去ったことを承知していた。お茂はこのことも承知しているはずだが、口にすることはなかった。ただ今のかえでに真実を告げるべきではないと考えてのことだと思った。

「お師匠はん、おかんは京のどこにおるんや」

「京やと思うけど、どこで暮らしているかまでは、あてはよう知らへん。お千香はんは余所者のあてにはなんでも話してくれたと思うわ。けどな、雲ケ畑を去ったあと、文はあてにくれへんかった。この郷ではなんでもすぐに伝わるさかいな。お千香はんが北山を去って六年以上が過ぎたやろ。どこにおるか知らへんわ」

お茂の話を聞いたかえでは唇を嚙み締めていたが、涙をこぼさなかった。

「おかんはうちを連れていきたかったんやな」

「本心ではそう思うてはったえ。あては相談されたけど、あの折りにはなんにもできへんかった」

「おかんは雲ケ畑にくらすんが好きやなかったんやな」

「かえではん、雲ケ畑で余所者が暮らすのは容易やない、あてがよう知ってるわ」

「お師匠はんはのこってはるがな」

「貧乏な郷やけど、あてはいちおう村長の家の嫁やったわ。けど、岩男はんは雲ケ畑の男衆とはいえんやろ」

「どういうこっちゃ、うちのおとんはこの郷のにんげんとちがうんか」

とかえでが萬吉を見た。

「かえで、おまえの親父をわてが岩男おじと呼んでいたのを承知やな、けどわての親父とは母親が違うんや、爺様がよその女衆に生ませた男なんやて。なんでも十歳くらいの折りに爺様が雲ケ畑に連れてきたと親父から聞かされたわ。かえでの親父はんはうちでも継子《まま こ》あつかいや、とくにお母はんは岩男おじを嫌っとったわ。うちの兄はんふたりもな」

かえでは萬吉の言葉を理解するまで長いこと考えていたが、

「うちらだけが雲ケ畑から外れた山小屋にくらしているのはそのせいやろか」

と呟いた。

「いきさつは知らんわ、でもきっとそうや。京の材木屋に働きに出て、かえでのおかんのお千香はんと知り合うて雲ケ畑に戻ってきた折りに山小屋に住みはじめたんと違うか」

と応じた萬吉の言葉にお茂が頷いて口を添えた。

「そうか、雲ケ畑にもうひとり余所者がいたんやな」

「そういうこっちゃ、お師匠はん」

萬吉が応じてかえでが、

「うちは雲ケ畑の人間やないんか」

とぽつんと漏らした。

「かえで、おまえは父親や母親が余所者でも北山の生まれや、雲ケ畑の娘《むすめ》や。そやろ、お師匠はん」

と萬吉がお茂に同意を求めた。

「そや、かえでは雲ケ畑の娘《こ》や」

「さとはずれの山小屋すまいでもか」

「ああ、雲ケ畑の娘やがな」

「それをみとめてくれるのんは、あにさんとお茂せんせーだけや」

「かえで、よう聞け。だれかひとりでええ、認めてくれる人がいれば十分と違うか。わては近々修業に出る。職人衆は雲ケ畑から出てきた北山もんなんかにだれも口利いてくれへんやろ、足手まといやからな。その覚悟でわては京に行く。十年後に朋輩として認めてもらうように頑張ってみるわ」

「萬吉はん、必ずやりとげはるわ。師匠のあてが保証しますわ」

「辛いときは、お師匠はんの言葉を思い出します」

お茂が頷き、かえでが、

「あにさん、うちが京に奉公に出るまで頑張ってや」

「おお、頑張るで。もしや、わてが泣き言いいに雲ケ畑に戻ってきたら、お師匠はんもかえでも口利かんといてな、足蹴りしてな、京にもどしてくれへんか」

「そうするわ」

　とかえでが言い、

「さいぜんのおかんの文な、せんせーにあずけとくわ。うちがおかんのきもちが分かるようになった折り、よむことにするときめたんや」

「分かりましたえ、あてが預からせてもらいます」

　と言ったお茂が、

「大事な話がひとつ残ってますな」

　とふたりに言った。

「なんやろ」

　とかえでが首を傾け、

「かえで、おまえのこっちゃ。おまえが京に奉公に出るまでどない考えても五、六年、いや、もう少し時がかかるわ。あの山小屋でヤマとくらすことはできへんで。おまえが意地張ったところでええことあらへん」

　萬吉には、なんとはなしに村長の屋敷でかえでを預かってくれるのではないかという淡い期待があった。

「そのことや、八つの娘が隣近所もおらん祖父谷川の傍らの山小屋で犬といっしょに暮らすのんは無理や、いけへんわ」

「お師匠はん、わても心配どす」

萬吉の言葉に頷いたお茂が、

「あて、岩男はんのことはよう知りまへん。けどな、お千香はんとは短い歳月やけどあれこれと話をしましたさかい、あてらはお互いの気持ちを承知してました。そのお千香はんの娘がかえではんや。あての娘として奉公に出るまであずかります。それでどないや、萬吉はん」

「おおきに、お師匠はん。わて、それやったら安心して京に修業に行けるがな」

と萬吉がお茂に頭を下げた。

「ちょっとまってえな、あにさん。せんせーは、村長はんのよめやがな、村長はんやら、隠居はんの考えきかんと、せんせーがあとでこまらへんか」

と八つのかえでが案じた。

物心ついて以来、父親とふたりだけで郷外れで暮らしてきて、大人の視点で物事を見ていた。ゆえにかような発言が自然と出てきた。

「かえではんは心配しぃやな。うちに子があらへんのはふたりとも承知やな。うちの亭主も隠居の舅《しゅうと》も姑《しゅうとめ》もかえではんがな、この二年、手習い塾で頑張ってきたんを見てな、あの親からようも賢い娘ができたわ、と感心してます。あては身内に相談したんや、そんで亭主はな、過日、菩提屋の若旦《だん》那はんが訪ねてきた折りに、相談してはった。太郎吉はんはな、あての弟子は、萬吉はんとかえでだけやが、ふたりともしっかりしとるがな、先行きが楽しみやと言わはったそうや。そのうえ、あのふたりが先々困った折りは菩提屋が手助けするとまで約定しはったそうや。小野郷と中河郷の老舗銘木商の七代目になる人の話を雲ケ畑の村長が知らんふりできるか」

「そうか、太郎吉はんがそないなことまで言わはったんか。いよいよ京の修業はしくじられへんがな」

萬吉が緊張の顔で言い、ふと気づいたように、

「お師匠はん、村長はんの屋敷にかえでを預けてええんやな」

と念押しした。

「お千香はんの娘はあての娘や、萬吉はん、それでええな」

お茂はかえでを奉公人としてではなく娘として預かると言っていた。

「せんせー、うち、村長はんのとこで働かせてもらう心算《こころづもり》でした。それではいけまへんか、給金なんていりまへん」

「かえではん、よう聞きや。雲ケ畑で奉公人として働いたら、それなりの女衆にしかなれ

まへんえ。あんたらふたりを見た祇園の茶屋の旦那はんと女将はんは、ひとかどの男衆と女衆になる子やと見抜きはったから、初めて会った幼いふたりに昼餉をご馳走し、奉公の折りは手助けすると約定なさったのと違いますやろか。ええな、花見本多の主夫婦をがっかりさせるような生き方をしたらいけまへん。かえではんがな、京に奉公に出る折りは、雲ケ畑の村長の娘として行かせます」

と言い切ったお茂が、

「萬吉はん、安心して京の修業に行きぃな」

「へえ、松の内が明けたら京に参ります。祇園花見本多の旦那はんと女将はんを訪ねていきます」

「まさか独りやないな」

とお茂が気にかけ、

「親父が付き添うそうや」

「それがええわ、あても安心したわ」

と安堵《あんど》の声を漏らした。

かえでだけがなんとも複雑な顔をしていた。

「かえで、わてが京へ奉公に出る前に菩提屋の跡継ぎ太郎吉はんに挨拶に行くわ、その折り、同行せえ」

しばし沈思していたかえでが頷いた。

「これで手習いが始められますな」

「お師匠はん、もうひとつ頼みがあるんやが、聞いてくれへんか」

「なんやろ、この際や言いなはれ」

「菩提屋の若旦那な、村長はんのとこにも挨拶に来られたんやな、うちにも見えられたわ。けど事が逆《さか》さまやがな、岩男おじが迷惑かけとるがな、こっちから詫びに行かんとならんことやろが」

「いかにもさようどす。あても最前言いましたな。訝しいことどすわ」

お茂の返答に頷いた萬吉が、

「その折りのこっちゃ、親父とわての前でな、この金子《きんす》をわてに預けられましたんや」

と小判にして五両ぶんの丁銀をふたりの前に出した。

「どないしたん、大金やがな」

ちらりと丁銀の大きさを見たお茂が言い、かえでは、

(初めて見る大金や)

と思った。

「お師匠はん、これにはちいと厄介なことが絡んどるがな。子細《しさい》は太郎吉はんとわてしかよう知らん。まあ、口留め料みたいなもんや」

「萬吉はん、口留め料やて、ふたりしてなんぞ悪いことをしたんやろか」

「先生、口留めいうてもあれこれあるがな、なんも悪いことばかりやおへん」

「あんさん、ほんまに十四歳か」

とお茂が呆れ顔で念押しした。

「もうすぐ十五になるわ、それはええがな。この金子やがな、然《しか》るべきときにかえでに渡してくれと太郎吉はんに手渡されたんや」

「えっ、あにさんやのうて、どないしてうちなんや」

「そこがややこしいとこや。けどな、いまになって考えてみたら、岩男おじもひとつだけええことしたというこっちゃ、そう考えてんか。ええか、この丁銀はかえでのもんや。お師匠はん、かえでがこちらに厄介になって、なんぞ費《つい》えがいる折りは、この金を使うてくれへんやろか」

お茂もかえでも黙り込んで考えた。

「かえではんは持参金つきでうちの娘になるんや」

間を置いて、お茂が独白するように漏らした。

「そういうこっちゃ」

と萬吉が言い切り、

「ええか、かえで。中河郷と小野郷の菩提屋に行ったらな、あれこれと尋ねんと、ただ『おおきに』と丁寧に礼を言いや」

と言葉を添えた。

「雲ケ畑でな、この三人は格別な身内やで」

お茂が笑みの顔で言った。

「これで大事な話は済んだな、読み書きをしようか。萬吉はんが京修業に行くのが決まった以上、もはや手習い塾はそうできまへんがな、一回一回が大事どす」

「お師匠はん、わては宮大工になると言うたな。お師匠はんに習った読み書きでなんとかなるやろか」

と萬吉が質した。

「そやな、あては宮大工の職人衆の働き方を知りまへん。けど、十人兄さん株の大工がいやはったとしても読み書きできるんは、精々《せいぜい》ふたりか三人やろ。萬吉はんはよう頑張ったわ、京に行ってもな、独りで手習いしなはれ。職人衆の中に必ず読み書きができる朋輩がいてはるわ、そのお方に手直ししてもらいなはれ」

「そやな、手習いは雲ケ畑の手習い塾で終わったんやないな。京に行っても続けなあかんな」

「そういうことや。萬吉はんの字は豪快や、大工はん方が図面に書かれる字はおそらく小筆で認める文字やと思うわ。萬吉はん、雲ケ畑を出る前に小筆で書く稽古をしようかな、どや」

「あにさんは花見本多の旦那はんと女将はんに書く文の字がだんだん上手になったがな、宮大工のとうりょうも読み書きできる新入りでしをよろこんでくれるんやないやろか」

かえでも二年の手習い塾でひらがなだけではなく、頻繁に使う漢字を読み書きできるようになっていた。

「そうやとええがな」

だが、萬吉は一抹《いちまつ》の不安を消しきれなかった。

この日、お茂は萬吉に図面に書き込まれるはずの数字の書き方をとくに教え込んだ。

手習い塾が終わったとき、おさんが茶と甘味《かんみ》を盆に載せて供《きよう》してくれた。そのおさんに、

「おさんはん、本日からかえではあての娘、大江家の養女になりましたんや。宜《よろ》しゅうな、頼みます」

と願った。しばらく沈黙して呼び捨ての意味を考えていた風のおさんがにっこりと笑い、

「かえではん、よかったな」

と応じた。

村長家の通い奉公人のおさんに伝えたことで、山小屋のかえでが雲ケ畑の村長の養女になったことがすぐに伝わると萬吉は確信した。お茂もそう承知していたから、わざわざおさんに言ったのだろうと萬吉は考えた。

「宜しゅうお願いします、おさんはん」

とかえでが頭を下げた。

三

慌ただしく雲ケ畑の年末年始が過ぎていった。

かえでは郷の村長の屋敷に養女として内々に迎え入れられ、ときにヤマといっしょに山小屋に戻って父親岩男の仏壇に手を合わせて戻ってきた。

正月三が日が過ぎ、この年、初めての手習い塾が開かれた。

萬吉が京に修業に出る日が近づいていた。手習い塾が終わった折り、萬吉は師匠のお茂

に、

「お師匠はん、明日にもわては、中河郷《なかご》の菩提屋太郎吉はんに年賀と修業に出る挨拶に行ってきますわ」

と話しかけた。するとお茂がちらりとかえでを見て、

「かえでも伴いますな」

「へえ、その心算どす。あかんやろか」

とにわかに養母になったお茂に質した。

「いえ、そないなことおへん。萬吉はん、あても中河郷や小野郷が見とうおす。いっしょしてはいけまへんか。雲ケ畑に嫁に来たんに、他の北山の郷を見たことがおへん」

と思いがけないことを言い出した。さらに、

「杉坂村のご神水も飲みとうおす」

と言い添えた。すでにかえでとは話ができているようで、かえでも萬吉の返事を待っていた。

「お師匠はん、山歩きは大丈夫かいな」

「あにさん、せんせーは雲ケ畑のほかは持越峠しか知らへんのや。そんでな、山小屋にお参りに行ったあとに、うちと去年から山歩きして頑張ってはるんえ。うちは三年も前にあ

にさんに連れられて京見峠に行ったけど、杉坂はその手前やろ、杉坂口から中河はそう遠くおへんやろ。三人とヤマで日帰りできるがな」

「村長はんに断ったんやろな」

「むろん亭主には断りましたえ。そしたらな、『萬吉はんが道案内なら心配はないやろ』と答えはったわ」

「師弟三人で北山の山歩きはしたことないな、楽しみや」

萬吉が言って中河郷行きが決まった。

翌日、朝六つの刻限、足袋《たび》に草鞋がけの山仕度で杖を手にしたお茂とかえでの親子がヤマを従えて萬吉を待っていた。

かえでは背に小さな竹籠を負っていた。昼の弁当が入っているのだろう。萬吉は腰に鉈を差し、背に大きな竹籠を負っていた。父親の千之助が、

「菩提屋はんにな、新年の挨拶や言うて、この酒を渡さんかい」

と持たせてくれたものだ。

村長の大江六紅が姿を見せて、

「萬吉、ふたりを頼むわ。お茂に言われてな、お茂が雲ケ畑しか知らんことに気づかされたんや。北山の山歩きの案内ならば、だれよりも萬吉が安心や」

と見送ってくれた。

春先とはいえ寒い雲ケ畑で、白梅橋を渡ってまず持越峠に向かって坂道を上った。吐く息が白く見えた。だが、お茂は腰につけた鈴を鳴らし、竹杖を手に嬉《うれ》しそうに歩いていく。

「せんせー、山道は急いだらあかん、足元を踏みしめてゆっくりと歩いていくんや」

とかえでが注意した。

「かえで、せんせーやおへん、お養母《か》はんや。そやろ、手習い塾やおへん。山歩きの折りは、親子や、呼び方が違いますやろ」

お茂が念押しした。

「そやそや、先生やないわ。かえで、呼んでみぃ」

「うち、なれへんがな」

「村長はんをどない呼んでいるんや」

「まだ、なんとも呼んでへん」

「お養父《と》はんと呼ぶんや。ええか、おとはんにおかはんや。この中河郷行きで慣れたらええがな。ほれ、呼んでみんか、実の兄でもないおれをあにさんと呼んできたやろが、あれといっしょや。呼んでいるうちに慣れるがな」

「そうか、おかはん、てか」

と自分に小声で言い聞かせていたかえでが、

「おかはん」

と大声で呼び、山におかはんの声が木魂《こだま》して響いた。

「ふっふっふ」

微笑んだお茂が、

「かえで、もういっぺん呼んでえな」

「おかはん！」

「何遍《なんべん》聞いてもええ感じやがな」

と満足そうにお茂が言った。

にわか親子の問答を聞いて、萬吉はかえでを雲ケ畑に残しても心配ないと思った。

「あにさん、杉坂のふなみずが先やな、おかはん、ふなみずのみたいんやて」

「おお、ならば元気なうちの行きは遠回りしてな、杉坂の船水を飲んでな、京見峠を見てな、鷹峯を横目に一ノ谷、坂尻《さかじり》、菩提道を抜ければ中河や。帰りは清滝川を上って杉坂口から杉坂、持越峠は行きよりめっちゃ近いがな。かえでのおかはんを持越峠の杣小屋に泊まらせることはないな」

と山稼ぎを八つの折りからしてきた萬吉はすらすらと往来の山道をなぞってみせた。

「萬吉はんもかえでも北山の山道をよう知っとるな、おかはんだけがしょもないわ」

とお茂がうれしそうな顔で言った。

「お師匠はんは京育ちや、北山のことを知らんでもしょうがないがな」

萬吉が言い返した。

「あての生まれ育ったんは、京の都の北外れやさかい、都のまんなかの祇園はよう知らへんのや。萬吉はんの修業先は、祇園やったな」

「宮大工の棟梁はんの家はよう知らん。けど、口利きしてくれはる花見本多の旦那はんは祇園たら花見小路たらいうとこに住まいも店もあるんやて」

「きっと祇園社の門前町や、賑やかな京のまんまんなかやわ」

三人であれこれと話しているうちにいつしか杉坂の御神水が見えてきた。

「あにさん、今日は雲ケ畑から杉坂までえろうちかいわ」

「かえでが大きくなったからや。まえ来たん、三年もまえのことやろ」

地蔵様の前で立ち止まり、両手を合わせたかえでにお茂が倣った。

「そやな、だいぶまえのことや、地蔵はんはうちらのことおぼえてくれとるやろか」

かえでは父親の岩男のことを思い出しながら萬吉に聞いた。

「おお、おぼえてはるわ。はじめてなんはお師匠はんだけや」

「おかはん、さきにのみ」

とかえでが青竹から流れる水を竹柄杓に汲んでお茂に渡した。

「ええか、おかはんがさきで」

と言いながらお茂が野地蔵に改めて会釈し、竹柄杓から水を口に含むと、喉に落として微笑み、

「ああー、柔らこうて甘い水やわ。京のお方がわざわざ船水を汲みに来はる曰くが分かりましたえ」

と感激した。

ヤマも久しぶりに船水をたっぷりと飲んだ。

「よし、京見峠に行くで」

との萬吉の声でひと休みした一行はまた南に向かって歩き出した。

三年前の京見峠では、かえでは萬吉に肩車されてようやく京の都を見ることができた。

「なつかしいな、雲ケ畑は京からえろう遠いとこやと思うとったが、こうしてみると近いがな」

お茂は上賀茂神社あたりの森を懐《なつ》かしげに見ていた。

「おかはんは雲ケ畑に来てから京に出てへんのか」

「戻っとらんわ」

お茂は雲ケ畑が北山の郷のひとつと承知で嫁に来たが、まさかこれほど辺鄙な山村とは考えもしなかった。亭主の六紅はお茂に優しくしてくれたが、郷の雑用やら山稼ぎで忙しく、気づいてみると子なしの夫婦として肩身の狭い思いを感じてきた。とても、「里帰り」なんて言い出せなかった。

そんなお茂が千香と知り合ったのはいつのことだったか。

(そや、あんときや)

八年前、かえでが生まれたとき、雲ケ畑の産婆のおとくが山小屋で生まれるかえでを取り上げるのをお茂が手伝った、その折りだった。

千香はお茂とは違い、雲ケ畑に馴染《なじ》もうとはしなかった。京の河原町《かわらまち》の材木屋で働いていた岩男が、

「わしの生まれは北山のな、雲ケ畑や。あの界隈は源氏《げんじ》の落ち武者の郷やで、田舎やが雅《みやび》な習わしも伝わっとるがな。わしの親父は山稼ぎの頭や」

と言うのを真に受けて雲ケ畑に連れてこられた。むろんこんなことはかえでの顔を見に行った折りにお千香から聞かされたのだ。

「雅な落ち武者の郷には山と谷川、杉林しかなかったわ」

と千香はお茂に訴えた。

また母親の違う岩男は実家では身内と折り合いが悪く、郷から離れた祖父谷川そばの、山小屋とか川小屋とか呼ばれる小屋に移り住んで暮らした。

千香はやや子がいなければすぐにも雲ケ畑を出て、京に戻りたいんやとお茂に会うたびに愚痴を言った。むろん村長の嫁のお茂と知り合って、お茂も京生まれと知ったあとのことだ。

お茂は、千香がかえでを連れて京に戻ることを内心夢見ていることを承知していた。

岩男は千香の気持ちを察したか、決してかえでを目の届くところから離そうとはしなかった。

そんな折り、小野郷の材木問屋に北山杉の「洗い」作業や鎌でうす皮を剥ぐ「こむき」作業、菩提滝の砂を使って真っ白な磨丸太にする「磨き」作業の賃仕事《ちんしごと》があると聞き、銭稼ぎになると岩男を口説いて独り小野郷に向かった。だが、千香はとうとう小野郷から雲ケ畑には戻ってはこなかった。

お茂は、千香がなぜかえでのもとに戻ってこなかったのか、その理由を知りたくなった。

本当はそんな曰くでふたりの日帰り旅に従ったが、もはや千香がどうして雲ケ畑に戻って

こなかったかより、萬吉とかえでとの山歩きを楽しむ自分がいて、

(あては変わったんや、かえではあての娘や)

と思った。

三人は坂尻から中河に行く菩提道の途中の上ノ水峠《かみのみずとうげ》で、朝餉《あさげ》と昼餉を兼ねた食事をした。

「春先の北山はきれいやな」

「ああ、北山はな、春かて夏かて、冷たい雪の降る冬かて美しいがな」

「あにさん、秋がぬけてへんか」

とかえでが質した。

「秋はかえでが生まれた季節やろ、北山が紅葉に染まって格別に美しいがな」

萬吉がまるでかえでを褒めるようにそう言い切った。

「かえで、あんたはな、うちの娘になるさだめやったんや」

と突然言い出したお茂をふたりが見た。

「あて、かえでが生まれた場にいたんや、産婆のおとくばあさんの手伝いでな」

びっくり仰天した顔でかえでが養母を見た。

「そんなことだれも言わへんかったわ」

「だれも言わんかて、あてはかえでが生まれたとき、いっしょやったんや。おとくばあさんも亡くなった今、あてだけがかえでが生まれたとこに立ち会ってたんや」

「驚いたわ、お師匠はん」

と萬吉が言い、

「かえではほんまにお師匠はんの娘になるさだめやったんや」

「あにさん、さだめてなんや」

「縁があったというこっちゃ。違うか、お師匠はん」

「そうどす、あてらはどこにいようと身内なんや」

と最後にお茂が言い切り、

「お師匠はん、そろそろ、行こうか。あと半刻もあれば中河につくで」

「萬吉はん、中河郷と小野郷とは離れてますやろか」

とお茂が言い出した。

「清滝川ぞいに半里くらいやろかな、なんでや」

「磨丸太の作業が見たいんや」

萬吉はしばし考えていたが、

「小野郷に回ると遠《とお》うなるで。わてらが行く菩提屋はんは中河郷と小野郷に店と作業場があってな、女衆が働いとるがな。中河郷の作業場を見てから、小野郷に行くかどうか決めよか」

と萬吉が言い、後片付けをすると中河郷への最後の道を下り始めた。

菩提屋の跡継ぎ太郎吉は、雲ケ畑の村長の嫁お茂、萬吉、かえでの三人と犬のヤマを中河郷の銘木屋で喜んで迎えた。

「太郎吉はん、あての勝手でふたりに従うてきましたんや。ご迷惑やおへんか、お詫びします」

とお茂が謝ったが、

「なんの迷惑もおへん、お茂はん、よう山道を越えて来はりましたな」

と歓迎した。

「中河の郷を峠から見たときな、訪ねてきてよかったと思いました。清滝川に沿って家並みが見えて、古からの郷やと感動しましたんや。ここならば源氏の落ち武者の郷と言うておかしゅうおへん」

「わてらはただの山間の郷やと思うてますがな、ものの本によると、『然して葛野郡《かどののごおり》の地名は最も古く、日本書紀天智天皇《にほんしょきてんじてんのう》の時に葛野郡の名見ゆ』とあるそうやな、中河も昔からなかご、と厄介な読み方をしていたそうや。まあ、古いだけの郷と違いますか」

と謙遜《けんそん》する太郎吉にかえでが、

「若旦那はん、うちの父親が迷惑かけましてお詫びします。そのうえ、お志《こころざし》まで頂戴してありがたいことどす」

とお茂と萬吉に教えられた言葉を告げて、深々と頭を下げた。萬吉がかえでの姿に言葉を添えた。

「太郎吉はん、かえではな、雲ケ畑の村長の養女になりましたんや、それもこれも菩提屋はんと知り合うていたのがきっかけやと、わては思うてます」

「なんや、かえではんは大江家の養女になりはったか、ええ話やないか。わてにも喜ばしい知らせどすがな。かえではん、よかったな」

と喜んでくれた。

「若旦那はん、おおきに」

かえでが礼を述べ、萬吉が、

「わてもこれで安心して京に修業に出ることができます。本日は奉公に出ますよって別れの挨拶に寄せてもらいました」

「そうか、いよいよ萬吉はんの京修業が始まるんか。これはな、わてらの間柄の終わりやないで、始まりや。萬吉はんの奉公する棟梁は京でも一、二の宮大工や。というても寺や神社だけやのうて、お茶屋の花見本多や一力はんの建物も手がけはる。わては人柄も技量もよう知っとるがな。安心して身を預けえな」

とお茂とかえでの前で改めて告げ、

「わてはなんの心配もしていまへん。十年がむしゃらに修業します」

と萬吉も応じて、

「太郎吉はん、もうひとつ願いごとがあるんやがな」

「なんやろ」

「わてらに読み書きを教えてくれたお茂はんが北山杉の磨き作業が見たいんやて」

と言い添えた。

「なんやそんなことかいな。雲ケ畑にも作業場があるやろ」

「あての亭主に聞きましたんや、磨丸太は古から中河郷やら小野郷やら梅ケ畑郷が中心やて」

と言ったお茂がしばし間を置き、

「小野郷で、かえでの実のお母はんが働かせてもろうてたと聞きましたんや。どんな材木問屋はんで働いていたか、あても見たいし、かえでにも見せたいと思いましたんや、若旦那はん」

かえでが、中河郷に行くふたりに同行すると言い出したお茂の真意を知って驚きの顔をした。

「かえで、お千香はんが雲ケ畑やのうて、なんで小野郷で働いたんか知りとうないか」

「知りとうおす」

と養母の問いにかえでが即答した。

「さようか、お千香はんの働き先が見たかったんか、容易《たやす》いこっちゃ。お千香はんはな、だれの口利きやったかな、小野郷のうちの店で働きはじめたんはたしかや。そんでな、仕事の覚えが早いし、丁寧やというんでこっちの作業場に移ってきたんや。最後はこの横手の作業場で働いとったがな。案内しまひょ」

「お願い申します」

太郎吉が三人を作業場に案内した。

そこではあねさんかぶりの女衆たちが丹波木綿の筒袖《つつそで》にたすき掛け、帯をきりりとしめて働いていた。

「お茂はん、山から切り出して、荒皮を剝いた杉丸太に、干割れを防ぐために背に大鋸で切り込みを入れてな、クサビを打ち込んだ背割り丸太をひと月ほど乾燥させるんや、ここまでがおよそ男衆の仕事やな。まあ、雲ケ畑の人間に説明するこっちゃないな」

「太郎吉はん、雲ケ畑でも同じやけど、こちらとは規模が違うわ」

と萬吉が口を挟んだ。

岩男が死んだ折り、萬吉は中河を訪ねたが、作業場まで見ていなかった。

「規模が違《ちご》うてもやることはいっしょや」

と太郎吉が言ったが、萬吉は山稼ぎの男たちの枝をはらう枝締《えだしめ》の技も道具も違うことを知っていた。

「乾燥させた丸太にはうす皮が残っとるがな、それをな、鎌で丁寧に丁寧に剝いでな、洗うてな、菩提滝のやわらかい砂で磨くとこまでは女衆の仕事やがな。お茂はんも見たやろ、白い磨丸太が立てられている光景をな」

「峠から郷じゅうの材木問屋の店先にある白い磨丸太を見ましたわ、あれだけの数の磨丸太は雲ケ畑では見られまへん。なんとも美しゅうおした」

うんうんと頷いた太郎吉の、

「お千香はんはいま働いとる女衆といっしょに仕事してはったんや」

との言葉に女衆が犬連れの三人を見た。

「若旦那はん、もしやしてその娘はんは」

と砂磨きをしていた老練の女衆がかえでを見た。

「おお、お千香はんの娘はんや。いまは雲ケ畑の村長はんの養女になっとるんや」

太郎吉が言い、女衆が納得したように頷いた。

四

中河郷からの帰路、三人は黙々と歩いた。

杉坂口から杉坂をへて、持越峠から雲ケ畑に下る道筋だ。往路より半分ほどの道のりと言っていい。

「お師匠はん、足は大丈夫やな」

「萬吉はん、楽しい旅でしたわ、足も疲れてへん」

「楽しい旅やったか」

と萬吉が納得するように言った。

菩提屋で働いている女衆とお茂とかえでは、早めの茶の刻限に女だけで半刻ほど話をした。一方、萬吉は太郎吉といっしょに菩提屋の店に戻った。その折り、太郎吉が改めて言った。

「かえではんが雲ケ畑の村長の娘になったんは運がよかったわ」

「それもこれも太郎吉はんのおかげや」

「萬吉はん、あんたと話しとると、なんやらわてより年上に思えるな、なんでやろな」

「雲ケ畑でもよう言われるわ、『萬吉は若年寄りや』てな。太郎吉はん、わては宮大工の見習いになるがな、朋輩に嫌われるやろか」

「そやな、萬吉はんの気性や、だれにも心遣いが感じられるんと違うか。それでもな、あそこには出入りする大工が二、三十人はおるで、そん中にいけずはおるわ、どこもいっしょや」

「へえ、その覚悟はできとります」

萬吉の返事に頷いた太郎吉が、

「住込みは三人と聞いとるがな。この三人と仲ようなりい。棟梁の後ろには花見本多の旦那はんがついとるがな。こんじょわるはしいへんと思うわ。萬吉はん、心配しな。あんたなら棟梁にもかわいがられるわ、朋輩ともなかようできるはずや」

と言い切った。

太郎吉の言葉を萬吉が沈黙したまま吟味《ぎんみ》していると、

「萬吉はん、どないもしんぼうでけんときは、北山に帰ってこんかい。雲ケ畑やないで、この中河の菩提屋、わてが一人前の北山杉の職人にしたるわ」

と冗談とも本気ともつかぬ言葉を吐いた。

「太郎吉はん、わてが京で尻《けつ》わって中河に戻ったら、わてはどこへ行っても半人前にしかなれへんわ。なんとしても十年頑張るわ」

「ええか、はなから十年と決めんとよろし。三日しんぼしい、そしたらな、三月《みつき》は頑張れるがな、三月働けたら三年は修業できるがな」

「へい、肝にめいじます、ああ、これがいかんのやな。わて、三男坊やろ、兄ふたりより死んだ爺様といつもいっしょに過ごしていたさかいな、いつの間にか年寄り言葉になっとるがな」

「それでええやないか。ええか、初見でな、花見本多の女将はんや旦那はんが心を許す人はそうおらへんわ。自信持ちいや」

「へえ」

萬吉は太郎吉と話したことを思い出しながら峠道を歩いていた。

「ああ」

とかえでが驚きの声を上げた。

ちらちらと雪が舞い落ちてきた。

「かえで、案じんでええ。持越峠はこの先や、雲ケ畑の出合橋まで一刻もせんと下れるがな。夕餉前には村長はんの屋敷につくで」

「うち、雪のこと心配してらん。あにさんが道案内やからな」

「ほかになんぞ心配ごとがあるんか」

「うん、あるようなないような」

「なんや分からんがな、菩提屋の女衆がお千香はんのこと、なにか言うたんか」

かえでがお茂をちらりと見た。

「萬吉はんは身内やろ、なに言うたかて変わらへんのと違うか」

かえでが養母の言葉に頷いた。

「あにさん、おかんはな、男の人と中河を出たそうや」

「ああ、考えられることやな」

と萬吉が平静な口調で応じた。

「その男はんがな、うちのおとんかもしれんと女衆のひとりが言うたんや」

「なんやて、かえでの父親は岩男おじやろが。かえでが生まれた折り、お師匠はんが産婆のおとく婆を手伝うとるがな。なんであほげな話をしたんやろ」

「その人な、京にいはったときからおかんを承知やったんやて」

萬吉はかえでの話が理解できずお茂を見た。

「菩提屋の女衆のひとりはな、お千香はんが中河で働いていた折りな、いちばん仲がよかった人なんやて。そんでお千香はんはあれこれと京の話や男衆の話を面白《おもしろ》おかしゅうしたんと違うか。あの女衆も悪気はないやろ、岩男はんが死んだと聞いて、つい女衆はむだ口を喋りはったんやと思うわ。真かうそか分からへんことや」

しばらく黙って歩いていた萬吉が、

「言わんでええことや」

「そういうことや。なんも変わらへんがな。あてがかえでの養母や、萬吉はんがあにさんや。違うか、かえで」

「ちがいおへんわ」

とかえでが即座に言い切った。

萬吉が京に出る日が近づいてきた。

最後の山稼ぎに出た。兄ふたりもいっしょだった。

改めて雲ケ畑の台杉造林の景色を見て、中河郷や小野郷のそれとは比べものにならないほど貧弱だと思った。

長兄の等太郎《とうたろう》は雲ケ畑の造林の山頭の家を継ぐことで満足していた。等太郎はそとで岩男を生ませた祖父の名を継いでいた。

次兄の次郎助は萬吉が京に修業に出ることをなんとなく羨ましいと思っている風だった。山の斜面で丸太を根元より伐倒《ばっとう》し、枝葉をつけたまま荒皮を剝き、立ち木に立てかけて乾燥させる立剝き作業をしながら、

「萬吉、おまえだけ京に出るんか。奉公先の稼ぎがよければわてを呼んでくれんか」

と次郎助が言った。

「兄はん、おれは奉公に行くんやないで、修業や。給金なんてもらわへんわ」

「なんやて、給金なしか。北山杉は高い値で売れるはずや、材木問屋は奉公人に給金出さへんのか。岩男おじはそう言うてたで」

「次郎助、岩男おじの言葉なんて信じられへんわ」

と等太郎が言い放った。

「次郎助兄はん、おれは京の材木問屋に奉公するんやない」

萬吉は初めて修業先をふたりの兄に告げた。家の中で萬吉の京の修業先を承知なのは千之助だけだった。ふたりの兄たちも萬吉の京行きが材木問屋の奉公とばかり思い込んでいたのだ。

「大工になるんか、萬吉」

「ただの大工やないわ、宮大工や」

「宮大工やて、雲ケ畑に戻ってきても仕事なんてあらへんがな」

「一人前になるんは十年先のことや、いまはなにも考えてへん。京で宮大工を続けるかもしれへんしな。雲ケ畑に戻ってくることはないやろ」

萬吉は曖昧《あいまい》にふたりの兄に答えた。

「萬吉、おまえ、いくつになった」

「十五や」

「十五から奉公に出て十年頑張りきれるか。雲ケ畑にいて山稼ぎしてみい、食うていけるがな」

「等太郎兄はん、おれは今日が山仕事の最後の日や。もう雲ケ畑で山稼ぎすることはないやろ」

と言い切った。

歳が離れたふたりの兄は三男から思いがけないことを聞かされてしばらく黙っていた。

「萬吉、おまえ、中河の菩提屋と親しいな。太郎吉はんから宮大工の仕事の口利きをしてもろうたんか」

と等太郎が質した。

「ああ、菩提屋の太郎吉はんとは岩男おじのこともあったで、付き合いをさせてもろうとるわ。京の修業がきつうて北山に戻る折りは、うちに来い、一人前の職人にしてやると言われたわ」

「なんやて。おまえ、京で奉公してから菩提屋に鞍替《くらが》えする気か」

「太郎吉はんはおれを安心させるために冗談で言うただけや、本気やない。おれは中河郷にも小野郷にも勤めんわ。宮大工になるんや、決して尻《けつ》はわらへんわ」

ふーんと長兄が鼻で返事をして、

「えらそうに言いおるわ。泣き言いうて雲ケ畑に戻っても山稼ぎの仕事はさせへんで」

「等太郎兄はん、案じんでええ。おれは宮大工になるんや」

とこの日、何遍かになる同じ言葉を繰り返して宣言した。

「萬吉、修業先は決まっとるんか」

「ああ、決まっとる」

「どこや」

「決まっとるが棟梁がだれか知らへん」

「なんや、宮大工の棟梁の名も知らんと京に出ていくってか、呆れたわ。兄い、萬吉はすぐに戻ってくるで」

と次郎助が小ばかにしたように言い放った。

「おまえ、村長はんの屋敷に出入りしとるな」

「読み書きをお茂はんから習うたがな。宮大工になるんなら読み書きくらいできんと、と言われたんや」

「だれや、そんなこと言うたんは」

「兄はんの知らんお人や。親父が京のその店まで伴《ともの》うてくれるそうや」

「親父は跡継ぎのわいになんも言わへんで」

等太郎が憮然として吐き捨て、

「兄い、奉公先も知らんと京に出るんや、親父がついていくのんは当然やろ」

と次郎助が応じた。

「京いうても広いがな」

等太郎は父親に連れられて何年も前に一度だけ京の材木屋に行ったことがあった。兄弟の中でただひとり京を知っていると自慢していた。

「親父とおれが訪ねていくのんは祇園のお茶屋はんや」

「なんやて、宮大工になるのんに茶屋やて、どういうこっちゃ。萬吉、茶屋に勤めるんやないやろな」

「茶屋に勤めるんと違う。口を利いてくれはるんや」

萬吉は三年前、杉坂で初めて会った祇園の老舗の茶屋の女将や旦那のことをふたりの兄に話す気はなかった。

「妙な話やで、兄い」

「おお、いぶかしい話やがな」

「宮大工の棟梁は中河の菩提屋はんとも入魂《じっこん》のお方や。菩提屋はんも棟梁に言葉を添えてあるんや。決して茶屋に奉公するんやないで」

と萬吉は言い切った。だが、兄ふたりは理解をしようとはすまいと思った。


京に出る前日、萬吉は村長の屋敷に挨拶に訪れた。するとかえでは山小屋に行っているとお茂が言った。

「お師匠はん、わて、かえでを迎えに行ってくるわ」

「萬吉はん、ちょっと話があるんや」

「なんやろ」

「岩男はんからかえでに渡されたお千香はんの文があったたな。あて、かえでに断って読みましたんや。詳しい話はしまへん。けどな、お千香はんはかえでに未練を残しとるんや。萬吉はんが京に修業に出たら、あんたに会いに来はるかもしれんわ」

「わてが京に出ることは郷の人は知らんことや。ましてお千香はんは何年も前に文を残していきはったんや。雲ケ畑に残したかえでのことを気にしているとも思えへんけどな」

「いや、母親というもんは十年経っても二十年経っても自分が産んだ子のことは気にかけてるのや」

とお茂が案じた。

「お師匠はん、かえでは村長はんの養女《むすめ》として幸せに暮らしてるで。かえでかて今の暮しに満足して、奉公に行くときになったら、雲ケ畑の村長大江の娘として京に出るがな、京に来た折りはわてが面倒みるで」

萬吉の言葉にお茂は頷いたが、

「かえでは岩男はんの娘やないわ。文には書いてへん。けどあては中河郷からお千香はんを連れ出した男衆がかえでの実の父親やと思うとる。その男衆は材木に関わりのある仕事をしてるて聞いた」

「かえでもそう菩提屋の女衆に聞いたがな」

「萬吉はんが京に修業に出たらかならず男衆に知れるわ。そしたら、材木を扱っている男と一緒のはずのお千香はんにもな」

萬吉はしばし考えた。

「お師匠はん、文になにが書いてあったか知らん。けど、かえでは死んだ岩男おじを実の父親と思うてるがな。いまさらお千香はんがなにを言わはっても、来し方は変えられへんわ。もしその男衆とお千香はんがわてに会いにきはってもそう言うわ。かえでの考えもわてといっしょと思うわ」

と言い切った。


次の朝、旅仕度の萬吉は雲ケ畑を出立前、山小屋の岩男の粗末《そまつ》な仏壇にお参りに行った。

雲ケ畑では、萬吉の家を始め昨年身罷った岩男をよく言う郷人はひとりとしていなかった。けれど、萬吉にとって岩男は山稼ぎを教えてくれた人間であり、かえでの「父親」だった。なにより岩男は鴨川の水源のひとつ、祖父谷川の水守、掃除を長年続けてきた人物だった。郷の住人はその行為を知らんふりしていた。

山小屋にはすでにかえでがいた。

「来てたんか」

「あにさんが別れに来ると思うたんや」

「ああ、岩男はんは水守と山稼ぎの師匠やったさかい」

「そう思うてくれるんは萬吉あにさんだけや」

「それでええがな」

「うち、知ってるわ」

「知ってるて、なんのこっちゃ」

「うちのおとんはおかんを中河から連れ出した男はんやろ。おとんが死んだあとな、うちが山小屋を訪ねた折り、郷の人間やない男衆にあったがな。じいっとうちを見ていたあの男衆がほんとの父親やろ」

「なんで言わんかったんや。雲ケ畑に知らん人間が入り込んだら、分かるんと違うか」

「あの男衆も北山をよう承知や。山小屋をだれにも知られんように見張るくらい容易いんとちがうか」

「男衆は、なんかかえでに言うたんか」

「うちにか。幸せやろな、と尋ねたわ」

「かえではどない答えたん」

「幸せや、と答えただけや」

萬吉は沈思した。

「かえで、なんでおれに話さんかったんや」

と繰り返し質した。

「なんでやろ。おかはんをかなしませとうなかったんやろな」

「かえで、この話、お師匠はんに、かえでのおかはんに話すことないわ」

「うち、あにさんやから言うたんや。おかはんにはいわん、うちの父親はこの位牌の主や」

「ああ、そうや」

と言った萬吉は位牌に手を合わせると、

(京に修業に行きます、一人前の宮大工になるんを見守ってや)

と願った。合掌をとくと傍らでかえでも手を合わせていた。

「かえで、行くで」

と萬吉が言うと、かえでが萬吉の手をしっかりと握った。

「うちも必ずあにさんの修業する京に奉公に行くわ。待っててな」

「ああ、待ってるわ」

とかえでの手の温《ぬく》もりを確かめると、

「岩男おじ、さいなら」

と声をかけて山小屋を出た。

雲ケ畑の南外れ、市ノ瀬まで千之助と萬吉父子を見送ってきたのは、お茂とかえでのふたりとヤマだけだった。

「ここでええわ、お茂はん」

千之助の言葉に頷いたお茂の傍らでかえでが、

「あにさん、元気でな」

「ああ、かえでもおかはんのもとで手習いを続けるんやで。おれもお師匠はんとかえでに文を書くがな。棟梁の住まいは親父がふたりに知らせるわ」

と言った萬吉はかえでの足元にいるヤマを抱くと、

「ええか、かえでとお師匠はんを守るんやで」

と言い聞かせ、立ち上がった。

「あにさん、これ」

とかえでがどこに隠し持っていたか、白梅のひと枝を差し出し、

「あにさん、『梅はどの花よりも先に咲くさかい、花の兄との別名がおます』とおかはんに教わりましたんや。だれよりも早《はよ》う一人前の宮大工はんになってな」

と言い添えた。

「かえで、京で待ってるで」

と応じながら白梅のひと枝を襟に差し、雲ケ畑川を下流へと父親といっしょに下っていった。

かえでとお茂は姿が見えなくなっても見送っていた。

第四章　萬吉の修業

一

萬吉が京に出て六年が瞬《またた》く間に過ぎた。

この日、萬吉は真言宗《しんごんしゅう》の根本《こんぽん》寺院東寺《とうじ》の五重塔の天辺《てっぺん》の屋根にいた。東寺は延暦《えんりゃく》十五年（七九六）に弘法大師《こうぼうだいし》（空海《くうかい》）により創建され、五重塔は天長《てんちょう》三年（八二六）に同じく空海により建設が着手されたが、完成したのは空海の没後五十年であったという。

地上から百八十一尺（五十四・八メートル）と京の都一の高さを誇っていた。だが、創建以来、雷火《らいか》や不審火で四たび焼失して、萬吉が立つ五重塔は五代目、およそ百八十年前の寛永《かんえい》二十一年（一六四四）に徳川家光《とくがわいえみつ》の寄進でなったものだ。

萬吉は棟梁の手伝いの合間にちらりと北山に眼差《まなざ》しをやった。かえでが近々京に出てくることを文で知らせてきた。

六年ぶりの再会となる。

萬吉は宮大工の棟梁、十代目巽屋吉兵衛《たつみやきちべえ》に弟子入りした。

住まいと作業場は洛東《らくとう》祇園を流れる白川《しらかわ》に接した一角にあった。

六年前、父親の千之助と京に出てきた萬吉は、まず花見小路の茶屋花見本多を訪ねた。

昼下がりの刻限だったが、寛文《かんぶん》年間（一六六一～七三）に創業されたという茶屋は萬吉が想像していた以上に大きな二階屋で、弁柄壁《べんがらかべ》の粋《いき》な華やかさに魅惑《みわく》された萬吉は言葉を失くしていた。京を知るはずの千之助も花見本多の暖簾《のれん》がかかった表口前で黙り込んでいた。

（京の都は京見峠から見るより大きいわ）

偶さか玄関に女将の桂木が出てきて、茶屋には不釣り合いの親子を見ていたが不意に気づき、

「萬吉はんやおへんか」

「はい、三年前、杉坂の御神水でお会いした萬吉どす」

「驚いたわ、うちの思い続けてきた萬吉はんよりずっと大きゅうなりはったがな、もう背丈は一人前の大人やわ」

と言った桂木が奥に向かって旦那の五郎丸左衛門を呼んだ。

「女将はん、わしは萬吉の父親どす。迷惑やったんと違いますやろか」

と千之助が気にしたが、

「あんたはんの倅はんな、はや巽屋の棟梁の弟子に決まっとるがな。迷惑やあらへん」

と言うところに旦那の五郎丸左衛門が姿を見せて、

「おお、萬吉はん、来はったな。棟梁も待っとるがな。そちらは萬吉はんの親父はんやな、うちに上がるより棟梁の家に挨拶に行くのんが先やろ、この足で行ってよろしいか」

と千之助と萬吉父子に断り、花見本多からさほど遠くない白川の岸辺にある宮大工の家に連れていったのだ。

その日、吉兵衛と配下の大工たちは家の傍らの作業場で切り込み作業をしており、十数人の大工たちが黙々と働いていた。

萬吉は軽く一礼して作業場を見渡した。

大工たちの中に白髪髷の老大工がいて、

「おや、花見本多の旦那はんやおへんか」

と作業の手を休めて言った。

「壱松《いちまつ》はん、新入りの弟子を連れてきたんや、わてがな、三年前に知り合《お》うた北山の子や、十五になったんでな、修業してもよろしかろうと思いましてな。棟梁は奥でっか」

「へえ、奥で仕事してはります」

壱松と呼ばれた老大工が返事をして、

「棟梁から話は聞いていましたがな、十五にしては背丈も体付きも立派やないか」

と萬吉を見た。

萬吉は固い表情ながら会釈した。

「こちらの親父はんの山稼ぎの手伝いを幼い折りからしていたさかい、十五には見えまへんわな。わても三年ぶりに会《お》うたんやがびっくりしましたで」

萬吉はふたりの会話を聞きながら、宮大工たちがちらりと萬吉に視線をやっただけで、それぞれ己の仕事をしていることに気づいていた。

五郎丸左衛門はまず作業場を萬吉に見せようとしたのだろう。また、同時に萬吉を知り合いと紹介したのは、巽屋の上客《じょうきゃく》のひとり花見本多が後見《こうけん》やと弟子たちに知らしめたのだろう。

(五郎丸左衛門はんの厚意はどんな影響を与えるのだろうか)

萬吉はちらりと危惧した。

「千之助はん、萬吉はん、こちらがな、宮大工巽屋十代目の番頭格、大工頭の壱松はんや」

　とふたりに紹介した。

「雲ケ畑の山稼ぎ、千之助どす。倅は形《なり》だけ大きゅうおすが、山家《やまが》育ちでなんも知りまへん。宜しゅうお頼みいたします」

　深々と腰を折った千之助が言った。

「丁寧な言葉で恐縮しますな、雲ケ畑は小野郷の東側やったかいな」

「へえ、磨丸太を育ててますが、こちらはんがお使いの中河郷やら小野郷の品とはだいぶ劣ります」

　と千之助が卑下《ひげ》した。

　萬吉は十数人の働きぶりをひと目見て、想像した以上に厳しい仕事やと、己の気持ちを改めて引き締めていた。

「親父はん、北山杉は山によって育ちが違うんがええとこどす。だれもが中河の上等の磨丸太ばかりは使えまへんで。町家や長屋の普請には相応の材木をあてますわ」

　と壱松が応じて、

「花見本多の旦那はん、過日修繕させてもろうた座敷はどないどす」

　と話を振った。

「お陰はんで文句おへん。上客を通せるがな」

と応じた五郎丸左衛門に、

「よかったわ、ほなら棟梁の普請場に案内しまひょ」

弟子たちが無言で切り込み作業をする場を離れる折り、萬吉は深々と礼をした。

奥の作業場で吉兵衛は独り作業をしていた。

萬吉は弟子たちの作業場とは異なり、荘厳《しょうごん》ともいえる厳しい気が支配しているのに気づいた。また棟梁が切り込んでいる磨丸太は中河郷のものではないかと推量した。

「棟梁、雲ケ畑から新弟子が来たがな」

五郎丸左衛門の言葉に振り向いた吉兵衛が厳しい視線を萬吉に向け、直ぐに和やかな眼差しに変えて、

「早《はや》大人の背丈やがな、それに山稼ぎしとるせいか足腰がしっかりしとるわ。本仕込みの丸太を担げそうやな」

山で切り出した丸太は枝葉をつけたまま荒剝きし、立ち木に立てかけて乾燥させる。そんな丸太を本仕込みという。丸太は長いものほど値が高い。普通九尺（約二・七メートル）、十二尺（約三・六メートル）、十八尺（約五・五メートル）など三尺単位であれこれあり、最長の丸太は四十五尺（約十三・六メートル）もある。

「へえ、山から担いで郷に下ろせます」

「ふっふっふ」

と吉兵衛が笑った。

萬吉が気張って応じたと思ったのだろう。それを悟った萬吉は親方の傍らにあった切り込みのしていない磨丸太を、

「棟梁、触ってよろしおすか」

と断ると吉兵衛が頷いたのを見て二本を纏《まと》めて、ひょいと肩に担いでみせた。

「ほうほう」

吉兵衛が壱松と顔を見合わせて笑った。

「棟梁が命じるならば梯子段で屋根に運び上げます」

「わかったわ。わしが疑うたと思うたか、下ろしや」

吉兵衛の命に萬吉は二本の磨丸太を最前あった場所に一分《いちぶ》の狂いもなく丁寧に戻した。

そして、壁に立てかけてある出絞に視線をやった。五本の丸太があったがどれも最高級の品だった。

「親父はん、倅の萬吉はんをうちで預からせてもらいますがよろしいな」

「棟梁、あちらでも壱松はんに申し上げましたが、形は大人どすが、最前の行いのとおり

なんも知らん子どもどす。棟梁や壱松はん方の邪魔にならんようによう言い聞かせてきました。弟子入りを許しとくれやす」

「中河の菩提屋の跡継ぎ太郎吉はんにもしっかり一人前の宮大工にしてんかと、会うたんびに頼まれてます。そのうえ、花見本多の五郎丸左衛門の旦那はんが後見や。うちの弟子の中で、大物ふたりの後見を持った新弟子やなんて、聞いたことがおへんわ。わてのほうが緊張します」

と答えた吉兵衛が、

「今日、雲ケ畑から出てきはったんやな、一日二日、親父はんと京見物してな、京の雰囲気に馴染みいな。うちに来るのはそれからでええわ。住込み弟子は三人、兄貴ぶんがいますがな。その折り、紹介しまひょ」

と吉兵衛が言い、五郎丸左衛門が頷いた。

「棟梁はん、わて、京に遊びにきたんと違います。もし迷惑でなかったら、たった今から作業場の掃除や後片付けをさせてもらえまへんやろか」

と萬吉が真剣な顔で願った。

「なんや、いきなり仕事の注文かいな」

と笑った吉兵衛が、

「ええ心がけや」

と許した。

父親の千之助は予想しなかった萬吉の言葉に戸惑ったが、

「親父はん、うちに戻りまひょうかな。萬吉は棟梁にお任せや」

と花見本多の主の五郎丸左衛門が千之助を茶屋に連れて帰っていった。

二人が作業場からいなくなると、萬吉は衣類などわずかな私物を入れた竹籠を作業場の隅に置いた。

作業場が突然、吉兵衛と萬吉のふたりになった。

「最前、床柱に眼を向けたな。北山生まれやったら、床の間の化粧柱《けしょうばしら》がどんなもんか承知やな」

「へえ、北山の天然出絞は少しばかり承知しとります」

「あそこに五本の化粧柱があるがな、どれもそこそこの品や。萬吉、いちばんええ化粧柱はどれか分かるか」

と吉兵衛が萬吉の知識を試そうと思ってのことか、問うた。

「棟梁、近くで見てようございますか」

「おお、触ってもかまへん」

と吉兵衛が答えたとき、千之助と五郎丸左衛門を見送った壱松が戻ってきた。

萬吉は床柱あるいは化粧柱と呼ばれる五本の前に立ち、見覚えのある老杉を見た。他の四本と比べても風情があり、素直に年輪を重ねた出色《しゅっしょく》の出絞だった。むろん北山杉だけではなく、赤松《あかまつ》の天然皮付丸太、翌檜《あすなろ》の丸柱も交じっていた。

「棟梁、この化粧柱の使い道は決まっとりますのやろか」

「おお、それな、茶亭《ちゃてい》に使おうと思うたけど、迷うてるがな。萬吉、どないしようかとこの数日考えとるんや」

茶亭の化粧柱は掛け軸や花を引き立たせるものだ。あまり柱自体が際立《きわだ》ってもいけないし、地味過ぎてもあかんわ、と以前に太郎吉が教えてくれた。

「棟梁の好みはわては知りまへん」

と答える萬吉にふたりが破顔《はがん》した。

「十五の小僧がいう言葉やおへんな」

と壱松が言った。

「わて、この五本のうちの一本をよう承知してます」

「ほう、どれや」

「これどすわ。菩提屋の太郎吉はんとわてが、半国高山の秘め谷で見つけた出絞と思いますんや」

萬吉は、この出絞を見つけたのが岩男おじとは言わず、ぬけ尻とふたりで切り倒して密売しようとしたことも、ふたりがこの出絞の重さに振り回されて死んだことも告げなかった。

「確かに菩提屋がうちに持ち込んだ出絞や。ふたりが秘め谷に入ったのは曰くがあってのことかいな」

「へえ、曰くはございます。けどその曰くはわての口からは言えしまへん。もし気がかりならば太郎吉はんに聞いとくれやす」

ただし、この出絞に関わったふたりの死があったことは太郎吉も口にはすまいと萬吉は思った。

「萬吉、曰くや使い道は考えんと五本の中の一本を選ぶとしたらどれや」

「やはりこの出絞どす。北山でもこの百年ものの出絞は滅多に見かけんと太郎吉はんが言うてはりました。わては太郎吉はんに出絞だけやのうて化粧柱をあれこれと見せてもらいました。茶亭にと棟梁がお考えならば、後々菩提屋出絞と呼ばれるようになるかもしれん、群《ぐん》を抜いた北山杉の床柱やと思います」

しばし沈思した吉兵衛が、

「壱松じい、わてが何日も迷った出紋をあっさりと新入りの弟子が選びおったわ」

と言った。

「棟梁、うちの弟子に北山杉の育て方を承知の者はひとりとしておらしまへんな」

「おらんな」

と即答した吉兵衛が、

「萬吉、立剝き作業を承知やな」

と尋ねた。

立剝きとはすっくと伸びた北山杉に綱一本で上り、木の天辺の葉を残して幹元まで荒皮を剝ぐ作業だ。高い北山杉で立剝きをやらされるのは一人前の山稼ぎだった。

「へえ、物心ついた折りから杉の皮剝ぎを見よう見まねでやってきました」

「高いところも怖くないか」

「北山の杉に上れんようやったら山稼ぎはできしまへん」

吉兵衛が笑い、あっちの作業場で待っとれ、と萬吉に命じた。

棟梁の仕事場に壱松と吉兵衛ふたりが残り、何事か話し合った。

萬吉は表の作業場に戻って待たされる間、じいっと朋輩大工の作業ぶりを眺めていた。

十数人の弟子たちには当然ながら技量の差があった。

一番手の技を持つと思える大工の手さばきを萬吉はただひたすら眺めていた。年恰好から考えて弟子入りして二十年は優に過ぎていると思った。道具の使い方が身についていたし、体のどこにも無駄な力が入っていなかった。

（おれは十年であそこまでいきたいものや）

と思った。だが、修業の最初の五、六年は作業場の掃除に始まり、先輩大工の命で雑用に走り廻らされると思った。

（二十年もかかりとうないわ）

かえでが京に出てくるまでに、見習い職人の域は脱していたいと思った。

壱松が独り棟梁の作業場から姿を見せた。

「みな、よう聞きや。この小僧やが萬吉というねん。本日、棟梁の許しを得てうちの弟子に新入りや。面倒みてやらんかい」

と言った壱松に、

「へえ」

と全員が返事をした。

「もうひとつ、言うことがある。萬吉は新入りの身やが棟梁付きの弟子になる」

大工頭の壱松の言葉に大工たちが驚きの表情を見せたが、何か口に出した者はいなかった。

なにより萬吉が仰天した。

(なんでおれは棟梁付きなんやろ)

「これまでも棟梁付きの新入り弟子はおらんことはなかった。けど知ってのとおりや、そのうちには数日で棟梁付きを解かれた者もおる。また何人かはうちを辞めた者もおるな。萬吉がどないなるかは棟梁次第や、ええな。いや、当人次第や」

「へえ」

と十数人の兄弟子が返事をした。

「住込みの三人、わてについてこんかい」

と壱松が命じると兄弟子たちの手伝いや作業場の掃除をしていた三人がへえ、と返事をして壱松に従う様子を見せ、兄弟子たちは仕事に戻った。

「萬吉、おまえもついてこんかい」

と命じられた萬吉も、

「へえ」

と返事をして雲ケ畑から担いできた竹籠を手に従った。

壱松に連れていかれたのは作業場の二階にある住込み弟子の部屋だった。六畳間もきちんと整理ができていた。部屋の隅には夜具が畳まれてあった。

萬吉はこの部屋で過ごすんやな、と思った。

「萬吉、よう聞け。この三人が住込み弟子の先輩や。こいつは、うちに住み込んで四年目の成三郎《せいざぶろう》や、京の生まれで親父が大工や。新太郎《しんたろう》は洛外《らくがい》の生まれやが竹細工が稼業《かぎょう》でな、うちに弟子入りしたんが三年前やったな。

三人目の余助《よすけ》は一年半前に弟子入りして十八や、稼業は八百屋《やおや》の五男坊や。ええか、北山からうちに弟子入りをしてきた十五の萬吉や。京は最前着いただけで右も左も分からへんやろ、仕事のことは萬吉に教えんでええわ。成三郎、仕事の他の暮らしのことや、京のことを教えてやりいな」

と壱松が命じ、成三郎は、

「へえ、畏まりました」

と返事をした。

壱松がちらりと萬吉を見た。萬吉はその意を悟り、

「兄さん方、雲ケ畑の在所者《ざいしょもん》の萬吉どす。北山の山稼ぎがわての家の仕事どした。宮大工の仕事はなんも知りまへん。兄さん方に迷惑をかけると思いますが、なんでも教えとくれやす。二度言うて分からへんときは、怒鳴るなり叩くなりしておくれやす。お願い申しま

す」

と頭を下げて願った。

「大工頭、萬吉は十五の体やおへんな、さすがに山稼ぎで働いてきた体付きや、わてら三人より背丈も高いし足腰もしっかりしとるわ」

兄貴分の成三郎が言い、

「萬吉、私物を整理してな、作業場に戻ってこいや」

と新入りの弟子に命じた。


この日から萬吉の宮大工の修業が始まった。

兄弟子たちの嫉妬の視線の中で萬吉は棟梁の十代目巽屋吉兵衛のもとで必死に働き、棟梁の意を読んで道具を手渡し、次に切り込みを入れる磨丸太を差し出した。

萬吉は中河郷の太郎吉が磨丸太の特性を教え込んでくれたことにどれだけ感謝したか。

棟梁付きの英才教育を必死でこなして、常に仕事場に詰め、これまで習ったことを帳面にきちんと認めていった。

ある日、吉兵衛がそれを見て、

「萬吉、読み書きができるか」

と質した。

「へえ、難しい字はあきまへん。一応の読み書きは雲ケ畑で習いました」

吉兵衛は萬吉がなにか書き留めていることを察したのだろう。

「萬吉、職人が読み書きできるのは貴重や、けどな、親方の見よう見まねを書き留めるのはあかん。職人は五体に刻み込んで身につけるものや。一々書き留めるのは止めや」

と静かな口調ながら言い切った。

「はっ」

とした萬吉は、

「すんまへん。知らんこととはいえ非礼をしました。これまで書き留めたものは焼却しますよって許してください」

「萬吉、おまえが読み書きできるんが役に立つのは、数年先のこっちゃ」

この吉兵衛の言葉から丸々六年が経ち、萬吉は吉兵衛のもとで必死の修業をなした。

一年二度の休みの日にも萬吉は仕事場に入り、棟梁の仕事のあとを確かめ、京の神社仏閣や吉兵衛が手掛けた別邸を見廻って棟梁の仕事を見て、雲ケ畑に一度として戻ることはなかった。そして、七年目に入り、かえでから文をもらい、京の奉公に近々出てくることを知った。

二

東寺の五重塔の修理を棟梁吉兵衛の手伝いで済ませて白川沿いの作業場に戻ると、棟梁のおかみに、

「萬吉、用事があるよって姿を見せなはれと花見本多から使いが来はったで」

と告げられた。

「えっ、わて、なんで呼ばれてますんか」

「行ったら分かるがな」

「おかみはん、この足で訪ねてきます」

「あんた、仕事着やないか、人に会う形やないな。湯屋に行って着替えをしていったほうがええわ」

と忠言されて馴染みの湯屋に行き、おかみに持たされた真新しいお仕着せに着替えて、いったん宿舎に戻った。するとなんと棟梁が萬吉を待っていた。

「わてもいっしょや」

「えっ、棟梁も呼ばれてますんか」

萬吉はひたすらに宮大工の修業をし、棟梁のもとでいろはのいの字から学んできた。近ごろでは棟梁がなにを考えているか分かるようになり、棟梁の下働きをさせてもらえるまでになっていた。もともと萬吉には北山の磨丸太の知識があったし、体が頑丈なうえに手先が器用だった。そして、その器用さに頼るような修業はしない利口さを持ち合わせていた。

棟梁の技を見よう見まねで身につけた心算《こころづもり》の兄弟子は、上っ面《うわつら》しか棟梁の技を見ていないことをその働きで萬吉は知らされていた。

黙々とひたすら体を動かして基を身に叩き込むようにしてきた。五体で棟梁の動きを見て頭に刻み込んだ。宿舎に戻ると日誌をつける折りに日中見た棟梁の動きを記録してきた。

棟梁は入門した折り、萬吉が読み書きをできることを知り、

「職人の仕事はな、文字で覚えるもんやない、五体に刻みつけんかい」

と注意した。だが、普請場を離れてまでなにやかやとは言わなかった。ゆえに萬吉は入門して二年が過ぎた頃より寝泊まりする宿の隅で住込みの先輩弟子に見られないように注意してその日の出来事を書き留めた。その書付が十数冊たまっていた。

三人の住込み弟子は読み書きができなかったし、萬吉がなにを認めているか関心を持たなかった。なにより新入りの弟子がいきなり棟梁付きを命じられたことに当初は驚いて、

「棟梁、なに考えてはるんや」

「山稼ぎやいうても磨丸太を知っているだけやないか。二、三日でわてらの仲間入りや」

などと言い合っていたが、吉兵衛は黙々と動く萬吉を手元で修業させてきた。もはや三人の住込みは萬吉の奉公ぶりに関心を持たないようにしていた。

そんな六年だった。

「棟梁、お供します」

「うん」

と吉兵衛が短い返事をした。

棟梁も内風呂に浸《つ》かり、髷を結い直して外着に羽織を着こんでいた。正月になす格好だった。白川沿いを棟梁のあとから萬吉が従っていると、

「萬吉、よう頑張ったやないか」

と思いがけない言葉を吉兵衛が口にした。

「未だ半端職人と心得てます」

「半端職人な、十年も勤めてへんがな」

「へえ」

「萬吉、おまえが雲ケ畑から出てきて六年が過ぎたがな。どんな歳月やった」

「一日一日が覚えることばかりで長い歳月が過ぎたようにも、一瞬の間でもあったようにも思えます。棟梁、足りん事ばかりやと思います」

日頃から無口な吉兵衛が萬吉に問いただすなんて滅多にないことだった。普請場では、

「あれや」

とも言わなかった。ただ仕草で道具を持ってこいと命じ、萬吉の作業を目顔で命じるだけの棟梁だった。

「職人は口はいらへん」

というのが口癖だった。

最初はなんのことやら分からなかったが、半年から一年経ったころには棟梁の作業の流れの中で、棟梁がなにを望んでいるかおよそ分かるようになっていた。だが、ときに萬吉が差し出す道具を見ただけで手に取らないこともあった。その折りは萬吉が勘違いしているのだ。

「萬吉、わての弟子の中でたったの六年で半人前になったんはおまえだけや」

と吉兵衛が思いがけない言葉を吐いた。

萬吉はどう応えていいか分からずしばし無言で棟梁に従っていたが、

「棟梁、わて、北山に帰らされるんどすか」

うちの仕事には向かんと、十数年の修業をこなしてきた兄弟子があっさりと辞めさせられたことを知っていた。

そんな折り、壱松はその弟子を連れて安直な食い物屋に連れていき、とくとくと言い聞かせて吉兵衛のもとを去らせた。しかし同時に、吉兵衛が辞めさせた兄弟子たちに新たな仕事先を口利きしていることを萬吉は承知していた。

京で宮大工の仕事はできなくともそんな弟子たちの生まれ在所では、「京・祇園の宮大工十代目吉兵衛」の弟子であっただけで十分に通用した。

「萬吉、北山に戻って磨丸太を育てる仕事がしたいんか」

「わては雲ケ畑を出た折りから京で棟梁のもとで大工になるんやと決心してきたんどす。わてが棟梁のもとで宮大工の修業ができんのなら、わて、他の仕事を探します」

「ほかの仕事てなんや」

「頭に浮かびまへん」

萬吉は棟梁の言葉次第では白川に飛び込んで溺れ死のうかと思ったが、白川の流れでは雲ケ畑育ちの萬吉は水死できないと思った。

「頭に浮かばんなら宮大工を続けんかい」

「棟梁のもとで修業してええんどすか」

「行くとこないなら仕方ないわな」

こんなよくしゃべる棟梁は初めてだった。

「へえ、頑張ります」

萬吉の言葉に吉兵衛はしばらく無言だった。

いつしか祇園の茶屋花見本多の前に出ていた。

「ここや」

「はああ、花見本多の修繕の打ち合わせどすか」

「本日は客や」

「へえ、わては控え部屋で待たせてもらいます」

六年前、萬吉は父親の千之助と茶屋花見本多を訪ねていた。が、玄関先で会った花見本多の五郎丸左衛門に連れられて宮大工十代目吉兵衛のもとを訪ね、そのまま住込み門弟になっていた。

この六年の間、二度ほど棟梁といっしょに花見本多を訪ねたが、いつも何代前かの吉兵衛が普請した花見本多の修繕をするためだ。

花見本多は、棟梁が一番弟子にもその修繕には手を触れさせない数少ない得意先の一軒だった。そんな折り、萬吉は一切主夫婦とも奉公人とも口を利くような真似はしなかった。あくまで宮大工の新入り弟子として出入りしているのだと、自らに言い聞かせていた。

「おまえも客や、萬吉」

「えっ、どなたはんがわてらを招かれましたんやろ」

「心当たりないか」

「半人前の大工が花見本多に上がるなんやて、わてには考えられしまへん」

との萬吉の言葉に笑った吉兵衛が暖簾を潜《くぐ》った店先で、

「御免やす」

と声をかけた。

「おいでやす、お待ちしていましたえ。棟梁、萬吉はん」

女将の桂木が姿を見せた。

「お招きによって参じましたわ、女将はん」

と言った吉兵衛が、

「どなたはんに招かれたんやろかと萬吉は案じてますわ」

と言い添えると桂木が、

「萬吉はん、うちらが杉坂の船水の前で会ったんは、九年も前のことやな」

「へえ、女将はん」

「あの折りの約定を覚えてはるか」

「こちらはんの口利きで吉兵衛棟梁のもとで修業しとります」

「そやったな。けどもうひとり、あんさんの妹御がいたんと違いますん」

「かえでどすか、そろそろ京に修業に来ると文に書いてきましたんや。かえでは十五になりましたさかいな」

「そうや、修業するときにはうちを訪ねるというのが約定どしたな」

と桂木が言うところに、

「女将はん、みなはんが待ってはります」

と声がして若い娘が姿を見せた。

萬吉は、

(花見本多に娘はんがいたかいな)

と視線を娘に向けた。すると娘がにっこりと微笑んだ。

萬吉は、だれやろと首を傾《かし》げ、

「ああー、か、かえでやな」

「そうどす、あにさん」

と応じたかえでに幼い娘の記憶を萬吉は探そうとしたが、もはや一人前の娘で少女の面《おも》影《かげ》は見つけられなかった。六年ぶりに再会したかえでは、まぶしいほどの美しい娘に育っていた。

「ほう、この娘はんが萬吉に文をくれる女子はんかいな」

と吉兵衛がふたりの表情を見て言った。

「棟梁、うちはこのふたりにな、杉坂の御神水で出会ったとき、ふたりはなかなかの大人になると直感したんどす。そんで京見峠の茶屋に招いて昼餉をいっしょしてな、京に奉公したい気持ちを聞いた折りに、うちが世話しますよって、うちの店を訪ねなされと言うたんどす。

そのあとのことや、萬吉はんはうちの旦那に文をくれはってな、京見茶屋での話は本気やと、改めて気持ちを告げはりましたんや。うちの旦那はんもうちも初めて会った子どもはんを無責任に誘うたんは初めてや。けど、棟梁、分かるやろ、うちの勘が当たったんや」

「女将はん、分かりますわ。このふたりにはなんぞうちに秘めた想いがありますんや」

と吉兵衛が答えた。

その問答の間、無言でお互いを見つめ合っていた萬吉とかえでは、

（あにさん、来ましたで）

（ああ、よう来たな）

と無言で言い合っていた。そんなかえでがふと気づいたように、

「女将はん、みなはんが待ってはります」

と繰り返した。

「おお、そやったな。棟梁と萬吉はんを玄関先に長いこと立たせてしもうたがな。ささっ、上がっとくれやす」

桂木が願い、かえでは昔ながらに手を萬吉に差し伸べ、萬吉がごく自然に握り返した。

「もう、肩車はできしまへんな」

とそれを見た桂木が言い、

「昔、萬吉はかえではんを肩車したんかいな」

と棟梁が問うた。

「初めて京見峠から京を見ようとした折りのこっちゃ、背の小さいかえではんをな、ひょい、と抱えてあにさんの萬吉はんが肩車して京を見せはったんどす」

「女将はん、そらもうできへんわ。立派な娘はんや、それも京にもこれほどの美形はおりまへんで」

「そうやろ、北山の雲ケ畑にこんだけの男はんと娘はんがおったんや。杉坂の地蔵はんの引き合わせやろ」

と応じた桂木がふたりの客を表口から招じ上げ、二階の座敷へと案内していった。

その間にもかえでは萬吉の、すっかり職人らしく、宮大工らしくなった手を離そうとはせず二階座敷の前に来ると、

「おかはん、あにさんどす」

と声をかけた。

座敷には雲ケ畑の村長の嫁のお茂と、二年前、菩提屋の七代目に就いた太郎吉改め杉蔵と、萬吉の父親の千之助がいた。

萬吉はかえでの手を優しく離すと廊下に座して、

「お師匠はん、杉蔵はん、御無沙汰しております」

と挨拶した。

頷くふたりから視線を老いた父親の千之助に移し、

「親父、元気やったか」

と声をかけた。

しばし四人は六年の歳月を別々に過ごしたことを確かめるように見合っていた。

萬吉の顔を無言でじぃっと見ていたお茂が、

「萬吉はん、よう頑張りはったな」

と声を詰まらせて言い、萬吉は、

「お師匠はん、未だ半人前の職人どす。あと四年のちに棟梁の仕事に少しでも役立つ職人になりとうおす。いえ、なります」

と応じた。

「萬吉はんが時にくれはる文を見てな、しっかりと修業していることは察してました。けど、これほどまでに」

お茂が言葉を途絶させた。

父親の千之助は黙って三男坊をただ見ていた。

一方、菩提屋の当代の杉蔵は、

「わては棟梁からときおり萬吉はんの修業ぶりを聞いて知ってましたわ。けどわてが想像した以上に一人前の職人の顔をしてはるがな。京の宮大工の修業を辞して菩提屋で磨丸太の職人にならんか、とはもはや言えへんな」

と冗談を言い、満足げに笑った。

この三人の中で太郎吉から杉蔵に変わった菩提屋の主だけが仕事柄吉兵衛としばしば会

っていたから、萬吉の仕事ぶりを聞かされて承知していたのだ。だが、直に会うことを避けていた。だから、萬吉の面 魂《つらだましい》がどう変わったのか、想像するしかなかった。そして、いま眼前に六年ぶりの萬吉を見て、きっちりと宮大工の修業をしてきたことを理解した。

「棟梁、おおきに。よう育ててくれはりましたな」

ようやく口を開いた千之助が吉兵衛にしみじみと礼を述べた。

「親父、ご一統《いっとう》はん、未だ半人前ちゅうのんはわてがよう知ってます。山稼ぎの青二才が棟梁付きの見習いになり、多大な迷惑をかけたことを承知してます。あと四年、我慢しておくれやす」

「わての代わりを務めてくれるんか、萬吉」

と笑みの顔で吉兵衛が萬吉に問うた。

代々の宮大工の家系の棟梁付きに萬吉がいきなりなったことを承知なのは、この場の中で花見本多の夫婦の他は太郎吉改め杉蔵だけだった。

「なんやて、萬吉、おまえ、棟梁付きの見習いやったんか」

と千之助が驚きの顔で質した。

「親父、そういうこっちゃ。けど、本日はわての話やおへんやろ。かえでがこの京でどないな修業をするかという話と違いますのん。最前、玄関先でかえでに会って見違えましたがな」

と萬吉が話柄を変えた。

「それがな、かえではな、萬吉あにさんの前で自分の考えを述べたいと、養母のあてにもよう言わへんのや。萬吉はんから妹に聞いてくれへんか」

とお茂が願った。

一同の視線がかえでに集まった。

かえでは自分の決心を改めて自らに問いただすように沈思した。

「うちは前々からかえではんが京で奉公するのんは、祇園の舞妓《まいこ》はんとしてやと思うてましたんやけどな、うちの考え、違うたんかいな」

と老舗の茶屋の女将の桂木がふと漏らした。

「女将はん、うちは北山の雲ケ畑育ちどす、京のことはなんも知りまへん。舞妓はんがどないな仕事なんか、暮らしがどないなんか知りしまへん」

「かえではん、あんたの器量とな、賢さがあったらすぐに売れっ子になりますわ。なによりも人柄がおっとりして舞妓にはうってつけや。九年前に会《お》うたときからな、うちはそう思うとりましたんや」

と桂木が舞妓に拘《こだわ》った。

「待ちいな」

と五郎丸左衛門が桂木を窘《たしな》めた。

「あんたもそない考えたんやないの」

「だれもがかえではんを見たら、そう思うやろ。けどな、かえではんが言うように京の右も左も分からんと、舞妓になりなはれと言われても無理と違うか。この祇園感神院《かんしんいん》の門前町の祇園を見てな、それから決めても遅うないのと違うか。どないや、萬吉はん」

「旦那《だん》はん、わては雲ケ畑から京に出てきた折りに宮大工になりたいと肚に決めてました。けど、かえでは、未だ奉公先を決めてへんように見受けます。何日かこの界隈を知るための時をもらうなんて贅沢なことを願えますやろか」

「萬吉はん、あんたはんがかえではんを案内しますかいな」

「わてには仕事があります。かえでには気の毒やが、それはできしまへん」

とはっきりと断った萬吉が、

「かえでは、どない考えて京に出てきたんや」

とかえでに質した。

「あにさん、もしできることならばこちらの仕事をさせてもらいながら、京を知ることはできまへんやろか」

「花見本多はんに前もって文でそう願わんかったんか」

「考えましたわ。けど、女将はんに相談して直に決めることにしましたんや。あにさんと違《ちご》うて、うち、覚悟が足りしまへんな」

としょげこむかえでに、

「かえではん、それでよろし。うちならばあんたはんを女衆のひとりに加えてもな、なんの差し障りもおへん。まずはこの界隈を知りいな。それから奉公先を決めてよろしいがな。どや、桂木」

と五郎丸左衛門が最後に女房に質すと、桂木は、

「あんた、うちはかえではんがずっといてもかましまへんえ」

と言い切った。

花見本多には倅がふたりいたがどちらも萬吉より十歳以上も上だった。

ほっと安堵するかえでに萬吉が、

「かえで、よかったな。けど、客扱いは今晩までやで」

と忠言し、

「はい、分かってます」

とかえでが答えたとき、萬吉はかえでの胸のうちには京でやるべきことが秘められてい

ると思った。養母のお茂が黙っているのはそのせいではないかと思った。

三

一晩泊まっただけで父親の千之助とかえでの養母のお茂は雲ケ畑に戻ることになった。かえでがいつまでも頼りにしないようにと考え、そうかえでにも伝えていた。萬吉が明日からふだんの仕事に戻るつもりと皆の前で宣言したからだ。

お茶屋花見本多の宴は、あまり会話が弾まなかった。

萬吉は、かえでが本心を明かしていないからだと考えていた。そこでかえでに自分の修業の模様をざっと話した。棟梁がその場にいるのだ、萬吉も遠慮しいしい言葉を選んで六年の修業を振り返った。

「あにさん、京はどないなところや」

とかえでが訥々《とつとつ》とした萬吉の話に入ってきた。

「うむ、京がどないなところやて聞くんかい。わてはお寺はんやら神社はんやら別邸やら知っててもな、普請場のことしか知らへんがな」

と答える萬吉に黙って話を聞いていた杉蔵が、

「萬吉はん、相変わらず仕事一辺倒かいな」

と笑いながら質した。

「太郎吉はん、ああ、違うたわ。菩提屋の旦那はん、へえ、京に来ても相変わらず磨丸太と話してます」

「呆れたわ」

と杉蔵が言い、棟梁の吉兵衛が、

「菩提屋はん、わても長いこと宮大工してるよって、弟子も数えきれんほどおる。けどな、萬吉ほど仕事好きはおらへんで。宮大工の仕事より磨丸太そのもんが好きなんと違うやろか」

と冗談交じりに言った。

「結構なこっちゃおへんか、仕事熱心はな。なにしろうちにかて、六年前に訪ねてきた折り、わてが棟梁のところに連れていきましたな、挨拶にやで。それがあれ以来、うちに来たんは何度目やろ。すべてうちの建物の手入れの折りだけや。一度として玄関から座敷に上がってないがな。そやさかい、本日が初めての座敷どすがな」

と花見本多の五郎丸左衛門がふたりの問答に加わった。

かえでが萬吉を驚きの眼で見た。

「五郎丸左衛門はん、萬吉の親父はんがここにいはるさかい、こんなこと言ったら案じはるやもしれんな。けど、こんな機会は滅多にないわ、正直に話しとこ」

吉兵衛が言い、

「そう願います」

と緊張した千之助が応じた。

「あんたはんの倅が休みも取らんと仕事ひと筋なんは、花見本多の旦那はんの言わはるとおり、悪いこっちゃない。せやけど、なんでもな、熱心いうても偏《かたよ》ったらあかんがな。師匠のわてが京には立派な建物があるさかい、暇の折りに見に行ったら勉強になるでと言うた折りは、他の弟子なら見物に行きますがな、でも萬吉は大概は仕事場に籠りっきりで道具の手入れやら、磨丸太の端材で遊んどるがな」

かえでが萬吉に質した。

「あにさん、この六年、一度も盆も正月も雲ケ畑に帰ってきいへんやったな。うち、あにさんは京の暮らしが楽しゅうて、雲ケ畑のことは、うちらのことは忘れたんやと思うてましたわ」

かえでの言葉に萬吉が首を横に振った。

「かえで、わては少しばかり北山杉のことは知っとった、菩提屋の旦那はんに教えてもろうたほかは、山稼ぎの折りに知ったりした程度や。けどその程度ではなんの役にも立たんことが直ぐ分かったがな。ましてや宮大工のことはなんも知らんのや。いくら見習い、新入りというても、磨丸太がどう使われるかも知らんかったら棟梁や仲間に迷惑かけるがな。それに雲ケ畑を出る折りな、十年は雲ケ畑のこともかえでのことも忘れて修業しようと思うたんや。かえでの親父はんの法事に戻ろうかと考えんこともなかったがな、やること見ることが仰山あったがな。決して雲ケ畑のことを忘れたんやないんや。わてが一番つらかったんは、かえでの文で飼い犬のヤマが老いて死にそうやと教えられたときや、独り泣いたわ、雲ケ畑に帰りたいと思うたわ、かえでがどうしているかと思うてな」

萬吉は淡々と告げた。

一座が萬吉の言葉に黙り込んだ。とくに父親の千之助は三男の萬吉がこれほどの覚悟を持って雲ケ畑を出たとは思いもしなかった。

杉蔵が口を開き、

「棟梁、萬吉の一心不乱の働きは棟梁の役に立っとるかいな」

と尋ねた。

その問いに吉兵衛がしばし間を置いた。

「萬吉のことはあんたはんからすでにあれこれと聞いとったな。実際に会うてみて、磨丸太の枝締、立剝き、背割れ、乾燥、こむき、磨き作業を実際に承知なんはこれまでの弟子にはおらんかったわ。そんでな、わてのもとで萬吉を育ててみようと咄嗟《とっさ》に考えたんや」

「吉兵衛はん、わても驚いたで。棟梁に萬吉の弟子入りは幾たびも願うておったがな。まさか棟梁が手元で育てるとは思てもみいへんかったがな。そんな六年や、どないや。もはや、萬吉は棟梁のどないな言葉を聞いても有頂天《うちょうてん》にならへんやろ」

「菩提屋の旦那はんの問いやよって正直に答えるわ。萬吉の六年は他の弟子の倍の修業の成果を超えとるがな」

吉兵衛の言葉にかえでは驚くことはなかった。萬吉あにさんなら必ず成果を上げるやろうと思っていたからだ。時折り萬吉から届く短い文にも仕事のことしか認められていなかったのは、一心に修業していたからなのだと思った。

「棟梁、萬吉はんに足りんものはなんやろ」

と杉蔵が念押しした。

「杉蔵はん、最前も言うたな、宮大工は、神社仏閣の習わしも、能狂言《のうきょうげん》のことも知らんとあかん、祇園会《ぎおんえ》の祭礼も神事も知らんとあかん。宮大工は遊び心を胸に秘めてへんと一人前になれへん。これからはもう少し気持ちに余裕をもってな、京の都を見るこっちゃ。それでより深く、北山の磨丸太がどれほどのもんか分かるというこっちゃ、師匠のわての言うことが分かるな、萬吉」

「はい」

と萬吉が短く返事をした。

「これまで普請場としてしかおよそ見いへんかった祇園感神院はんや、建仁寺《けんにんじ》はんや、清《きよ》水寺《みずでら》はん、東寺はんをなんのために在るのか、と考えながら明日から見なおしてみいな、学びいな。そやな、三日間、暇をやるわ。親父はん、かえではんとかえではんのお養母はんを案内するつもりで見てこんかい」

と吉兵衛が命じた。

一座の者が棟梁の言葉に、

「えっ」

と驚いた。

一番驚いたのは萬吉で、

「棟梁、わてがみなを伴って京を案内しますんか」

と問い直していた。

「普請で行ったことがあるさかいどこも承知やろ。明日から三日間はわてらが手入れしてきた寺やお宮はんやお茶屋はんを、宮大工の弟子として携わったところを案内せんかえ。

これはな、遊びやないで、おまえの六年がどないやったか、己が己の仕事を確かめるための三日間や。そしてな、親父はんとかえではんのお養母はん、かえではんに見せんかい」

しばし沈思していた萬吉が、

「棟梁、有難いお言葉や、感謝申します」

と頭を下げた。

千之助は涙を必死でこらえて、

（ええ棟梁に恵まれたがな）

と思っていた。

翌朝、花見本多に萬吉が迎えに行くと、表に出てきたのはお茂とかえでの二人だけだった。

千之助は菩提屋の杉蔵に従い、京の得意先を回り、その足でそれぞれ北山の中河郷と雲ケ畑へ先に帰ると言い残したという。

「親父、どないしたんやろ」

「萬吉はん、あんたはんを見てな、安心しはったんや」

お茂が言った。

「お師匠はん、わては未だ半人前どすがな」

お茂はわずか二年の短い間だが、読み書きを教えてくれた師匠だった。なによりかえでの養母だった。

「そや、半人前の宮大工に間違いおへん。あてにな、菩提屋の杉蔵はんが言わはったがな。半人前の弟子にもいろいろあるそうや、五年先、十年先が見える弟子と、そうやない者《もん》に分かれるそうや」

「わてはどっちやろ」

と自問する萬吉に、

「六年前、右も左も知らん新入りに棟梁付きを命じたんは、吉兵衛はん自らやな」

「そや、お師匠はん」

「菩提屋の旦那はんは、宮大工の巽屋と代々付き合いがあるけどな、新入りがいきなり棟梁付きやなんて知らへんと昨日も言われましたな。萬吉はん、棟梁は十五の萬吉はんになにかを感じはったんや。それはな、花見本多の旦那はんも女将はんも、菩提屋の旦那はんもいっしょや。杉蔵はんはな、シロスギ母樹から育った子孫の中でも年輪が緻密な磨丸太の上々吉《じょうじょうきち》になるんは千本に一本や、萬吉はひょっとしたら、千本に一本、いや、万本に一本かもしれん。それがわてらに分かるんはいまから十年の後やと、六年前にあてに言われましたんや」

とお茂が言った。

かえでが萬吉を見た。

「行こうか」

と案内人の萬吉が二人を誘《いざな》い、花見小路から四条通《しじょうどおり》に向かって歩き出した。

「おかはん、ほかにあにさんについてなにか言わはったか」

とかえでが養母に問うた。

「萬吉あにさんに聞いてみや。あにさんは承知やろ」

とお茂が言った。

「あにさんは菩提屋の旦那はんから聞いたんか」

「いや、聞いてへん。けど、なんとのう分かるわ」

「どういうことや」

「同じシロスギ母樹から育った北山杉の上々吉も風雨に打たれ、雪に見舞われてダメになることもあるということやろ。わての前にはあと四年どころか、新たな十年が待ち受けとるんや」

萬吉の言葉を聞きながらお茂は、朝、花見本多を出ていく杉蔵に言われたことを思い返していた。

「お茂はん、これはあんたの胸に仕舞っといてほしいんや。わての余計な推量かも知れへんよってな。その心算で聞いてや」

「はい、なんでおましょう」

「巽屋はんには跡継ぎがおらんのや、夫婦仲がええと子が生まれんちゅうことを巷《ちまた》で言うがな」

「夫婦仲がええかどうか知りまへんが、うちもそうどした」

「で、かえではんを養女にしなはったか」

お茂は黙って頷いた。

その時、千之助は巽屋に別れの挨拶に行っていた。

「当代の吉兵衛はんが萬吉を新入りの折りから自分付きにしたんはその考えもあってのことやと思うてます」

「萬吉はんを養子に、跡継ぎにと考えはったということどすか」

お茂の問いに杉蔵が頷いた。しばし沈思していたお茂が、

「菩提屋の旦那はん、あての胸に仕舞いましたえ、数年後が楽しみどす」

と答えていた。

三人は四条通に出ていた。

「かえで、左に行ったら祇園社や。右に曲がったら四条の橋の架かる鴨川や。どっちに行きたいんや」

「あにさん、京を知らんと言わはったがよう知っとるやないか」

「かえで、うちの棟梁は代々宮大工を名乗ってな、祇園社を始め神社仏閣が出入りのお得意はんやけど、先々代からこの界隈のお茶屋はんにも頼まれて、こちらも手掛けてきはったんや。あちらこちらと祇園界隈のお得意はんに仕事に行くがな、六年もいれば鴨川がどっちに流れとるくらいは分かるで」

「うち、おとはんが水守していた鴨川の流れが見たいわ」

「雲ケ畑から京に来る道中、見たんと違うか」

「見ましたえ。けど京の町中を流れる鴨川は知りまへん」

「ならば鴨川に行こか」

と萬吉が答えたとき、化粧の香がして、舞妓ふたり連れが四条通を渡ろうとして萬吉に気づき、

「巽屋の萬吉はんやおへんか」

とひとりが声をかけた。

声の主に振りむいた萬吉が、

「つる家《や》のまめ花《か》はんやないか」

「そや、まめ花どす」

と応じたまめ花がお茂とかえでに会釈して、

「お身内はんどすか」

と萬吉に聞いた。

「そや、うちの読み書きのお師匠はんと妹や」

萬吉は事実を変えて応じていた。かえでが京で奉公する先が決まっていなかった、いや、その考えを皆に伝えていなかったから、萬吉は妹として紹介したのだ。

かえでは舞妓の髷に飾られた菜の花かんざしに眼を奪われていた。

「萬吉はんの妹、別嬪《べっぴん》はんやがな。うちら、白塗りに化粧しているさかい、見られますけど、妹はんは素顔がきれいやわ」

「世辞にもそう言うてもらうと妹が喜ぶわ、まめ花《はな》はん」

「ほんまのことを言うただけや」

「おおきに」

と萬吉が答えた。

「ほな、またな、さいなら」

と言い残した舞妓ふたりが四条通を渡っていった。

「舞妓はんやな、初めて会うたわ」

かえでが舞妓たちの背を見ながら呟いた。

「あの舞妓はんの置屋《おきや》つる家もうちの得意先やでな、承知なんや。どや、かえで、舞妓になりとうて京におかはんと出てきたと違うんか。昨夜、みなはんの前でなんも言わんかったな。ここにおるんはおかはんとわてだけやがな、本心を言うてみい。かえでがなんも考えんと京に出てきたとは思えへんのや」

と萬吉がかえでに質した。

しばし無言で歩いていたかえでが、

「考えとることはあるえ。花見本多の女将の桂木はんはうちを舞妓にしたいと思うてはるわ。けどな、うち、舞妓はんをたった今見たばかりや、どんな仕事なんか、暮らしがどんなもんなんか、なんも知らへんがな」

「それで昨夜は答えられへんかったか」

かえでが萬吉の問いに頷いた。萬吉が師匠のお茂を見た。

「あても知らしまへん。京へ初めて出てきたかえでが迷うんは当然やろな」

と養母のお茂が言った。

「お師匠はん、かえでの奉公先についてふたりして話し合《お》うたことはないんか」

「かえでは頑《かたく》なな気性やさかい、養母のあてがあれこれ質すんがええのかどうかと迷って、口は出さんかったんや。なんとのうやが、考えはあると思うわ」

しばし無言で西に向かって歩いていた萬吉が、

「花見本多の女将はんの口利きの置屋でな、舞妓や芸妓《げいこ》の暮らしぶりを一日二日見いへんか。そのあとでな、胸のうちを女将はんに明かして相談してええんと違うか」

萬吉の言葉にかえでが、

「そないなことができるやろか」

「花見本多はんの口利きやったらできるやろな」

「あにさん、うちが言うてるのんは、舞妓はんの暮らしやら仕事を見て、断ることができるやろか、ということや」

とかえではそのことを案じた。

萬吉は、養母のお茂が言うようにかえでの胸には何か考えがあると思った。

「かえでの一生のことや、お断りしても怒らへんのと違うやろか、なあ、お師匠はん」

萬吉はそう言いながらお茂を見た。するとお茂が頷いた。萬吉はかえでが漠《ばく》と考えている奉公先をお茂は推測がついているんやと思った。

「舞妓はんのことを知らんといきなり断るより、すこしでも知ったうえで、『うちには向きまへん』と断るほうがええんと違うか」

「それがええと思うわ」

とお茂が言い、

「ほなら、うち、京見物は今日一日でええわ。明日から置屋はんで舞妓はんの奉公ぶりを見せてもらうわ」

とかえでが肚を固めたように言い切った。

「よし、そないしよう」

萬吉が言ったとき、三人は四条の橋に来ていた。

「かえで、鴨川の流れの下流が五条《ごじよう》の大橋や、ほんで上が三条《さんじよう》の橋や。さらにずっと上に行くと北山の峰々で雲ケ畑や、岩男おじが水守しとった祖父谷川にいきつくがな」

と萬吉が教えた。

「あにさん、五条の橋ゆうたら牛若丸《うしわかまる》と弁慶《べんけい》はんが戦いはった橋やな」

「そや、三条は江戸に下る東海道《とうかいどう》の始まりの橋や」

「あにさん、三条も五条も石組みの立派な橋やな。けど四条の橋は板橋と違うか、あそこ見てみいな、牛や馬を洗うてはるわ。のどかなもんやがな」

とかえでが疑問を呈した。

「三条大橋も五条大橋も官橋いうてな、お上の持ちもんの橋なんや。大水が出てな、橋が流されても直ぐに架け替えられるわ。けどな、うちらが見ている四条の橋は、祇園社の参道に架かる橋やよって、鳥居が立っとるのが見えるやろ。三条や五条と違うて、祇園社の氏子《うじこ》の町衆が自分らの懐から銭を出したり、祇園はんの勧進で架け替えたりするんや。祇園会の折りは、祇園社の神輿《みこし》を鴨川の水で清めてな、神輿に祭神はんが遷《うつ》りはるんや。祇園の祭礼は仕事の合間に見たけど、雲ケ畑の火祭りの松上げとは比べもんにならんほど、大きなお祭りやがな。それがひと月も続くんやで」

「うちが京で奉公したら、祇園のお祭りは見ることはできるな」

「この四条の浮橋の架け替えもな、巽屋が仕切ってはるんや。そやから仕事の合間にわてかて見たがな。かえでも見ることができるわ」

萬吉の説明をお茂がにこにこと笑みの顔で聞いていた。

「お師匠はん、わての説明がおかしいか」

「おかしいことなどあらへん。昨日、萬吉はんに再会したとき以来、ずっと考えとったんや。萬吉はんは、棟梁はんの言われるとおりや、他の門弟衆の倍以上も修業をしたんやといま信じたがな。よう、頑張りはったな。さすがにあての弟子やわ」

「わて、褒められたんかいな。その代わりに雲ケ畑には不義理をしとるわ。けど、もうええわ。こうして京でお師匠はんにもかえでにも会えたんや」

と満足げに言った。

「こんどはかえでが頑張る番や」

と養母であり、師匠でもあるお茂がかえでに言い、かえでは大きく首肯した。

四

三人は四条の橋下の中洲《なかす》に下りて宮川《みやがわ》と名を変えた鴨川の流れを十分に楽しんだあと、

「さあ、どうする、かえで」

と萬吉が聞いた。

「うち、おとんが水守していた鴨川を見たらな、祇園はんにお参りしたくなったんや。京見物はそれで十分やわ」

とかえでが言い切った。

「清水寺に行かんでええんか」

とお茂がかえでに尋ねた。

お茂は京の生まれゆえ、雲ケ畑生まれのふたりより京のことは承知していた。けれど、今日の案内人は萬吉だと思ってこれまで黙って従っていた。

「行ってもええけど行かんでもええわ」

かえでの頭は奉公のことでいっぱいやと萬吉は思った。

「ならば戻ろう」

と中洲から鴨川の左岸に戻りかけた萬吉にまた声がかかった。

「萬吉やないか」

「なんや日小屋《ひごや》の柳五郎《りゅうごろう》はんかいな」

四条には中洲があって浮橋の管理などに番人が詰めていた。その番人小屋はなぜか「日小屋」と呼ばれた。

「おお、わしや。珍しいことがあるがな、女衆ふたり連れで京見物か。巽屋の萬吉は祇園会でも独りだけ作業場に残って仕事しとると評判やがな。それがどないしたこっちゃ。棟梁とこのおかみはんと違うわな」

とちらりとお茂を見た。

「わての身内が北山雲ケ畑から出てきたんどすわ。そんで棟梁に許しを得て京案内してます」

「そうか、お母はんと妹はんか、よう頑張った褒美《ほうび》やな」

柳五郎が勝手に推量して言うとお茂が、

「萬吉が世話かけてます、今後とも宜しゅう願います」

と母親になったつもりで平然と挨拶を返した。

「あんたはんの倅は、働き者やで。ええ宮大工になるがな。なにしろ棟梁が巽屋の吉兵衛はんや」

と柳五郎が応じた。

三人は中洲から板橋を渡り、四条通に戻った。

「あにさん、六年の修業はえらいことや。どこ行っても知り合いがおるがな」

「舞妓のまめ花はんも橋番の柳五郎はんも仕事の最中に知り合うた人たちや。かえでが六年頑張ってみい。もっと知り合いができるがな」

「そやろか」

「不安か」

「そら、不安やわ」

「わてが近くにおるがな」

と応じた萬吉だが、雲ケ畑でのように始終会うわけにはいくまいなと思っていた。だが、今はかえでの不安を軽くすることが先やと思った。

「おふたりはん、祇園はんにお参りしたらな、あてから話があります。かえでの願いで休みが今日一日になりましたな、もう少し先にと考えとったんやけど、あとであてに時を貸してくれへんか」

「なんやろな、お師匠はんの話やて」

「本日は萬吉はんの読み書きの師匠やったり、お母はんやったり忙しいな」

お茂が笑った。

「おかはん、うちもや。あにさんの妹にさせられたがな」

「そやそや」

と母子が言い合った。

「けど、わてらの関わりを一言で説明するのは難しいがな、読み書きの師匠と弟子やてよう説明でけんわ。それよりお師匠はんの話や」

萬吉は、なんとはなしにお茂の話の予測がついていた。

「萬吉はん、祇園社にお参りしてな、そのあと、甘いもんでも食べながら話すわ」

とお茂が、歩きながらする話ではないと言った。

一刻後、結局祇園社と清水寺を見物した三人は、産寧坂《さんねいざか》の茶店に入った。

お薄《うす》と生菓子を頼んだお茂が、

「ここにおるんは雲ケ畑の身内やな」

と萬吉とかえでに念押しした。

「おお、わてとかえではそう親しい従兄妹同士ではないな、血もつながってへんかもしれん。それより読み書きの手習い塾の師弟としてな、身内以上の仲や」

萬吉の返答に頷いたお茂が、

「萬吉はん、あんたが京に来て六年や」

「それは昨日再会して以来、幾たびも聞かされたがな。わての修業の六年の話かいな」

「違う」

とお茂が首を横に振って、

「萬吉はん、この六年に雲ケ畑の関わりの者で、あんたを訪ねてきた人はおらんのか。あてらが六年ぶりの雲ケ畑の人間やろか」

と念押しした。

萬吉は、

(やはりあの話か)

と思いながら、かえでを見た。かえではお茂の話より明日からの奉公のことを思案しているのか、自分の世界に籠っているように思えた。

萬吉は、このことは三人で話し合わなければならない懸念だと思った。が、京に来て奉公に入ろうとするかえでにとって、この話がどんな影響を与えるか萬吉は案じた。

お薄と生菓子が運ばれてきた。

「わあ、きれいやわ。雲ケ畑にはこんな生菓子ないがな」

と言ったかえでが皿についていた木篦《きべら》で甘味を刺して口に運び、しばらくじいっとしていたが、
ふうっ
と息を吐いて、

「美味しいわ」

と漏らした。そして、不意に、

「おかはんとあにさんの話、お千香はんのことやろ」

と言った。

「分かったんか」

「そりゃ、分かるがな。なにを聞かされてもうちは驚かへん歳や。お千香はんは京のこの界隈で生まれた人やよってな、おかはんの心配は分かるよ。けど、うちのおかはんは大江茂、うちが奉公を終えて帰る家は雲ケ畑の大江の家や」

と言い切った。

かえでの言葉にお茂が頷いた。その表情は複雑に見えたが、萬吉に問うた。

「お千香はん、萬吉はんのとこへ訪ねて来いへんかったか」

「来たで。四年前のこっちゃ」

お茂の問いに萬吉が答えた。

最前お茂のことを母と言い切ったかえでの顔に驚きが走った。そして、かえでが問うた。

「お千香はん、なにしに来はったん」

「かえでの様子を聞きに来たんやないか」

「なんでや、今ごろ」

「実の親が娘を案じるのは当たり前やろ、違うか」

「うちのおかはんは大江茂や」

頷いた萬吉がお薄を喫すると、

「かえで、わてらは本物の身内やで。そないな間柄で、何遍も同じ言葉を言わんでええのと違うか」

と穏やかな口調で言った。かえでがお茂のことをおかはんと繰り返すのは、実母の千香に拘っているからだと萬吉は思っていた。

「お千香はんはこの京の祇園の生まれや。けど亭主は大坂の材木屋の奉公人やそうや。北山杉を扱うよって、中河郷や小野郷にしばしば訪ねはるがな。そやから、かえで、わてのこともだれぞに聞いて知ってるんや。そんで、亭主から聞いたお千香はんは、わてが祇園の宮大工の吉兵衛棟梁のとこで修業していることも承知やったんやろ。そんでな、かえでがどうしているか確かめにきたんやと思うわ」

萬吉の言葉にかえではなにも言わなかった。

「うちがどこにおるか、承知やろな」

「ああ、承知してはったわ。かえでが大江家の養女で幸せに暮らしていることを亭主が中河郷で聞かされたそうや。そんで、そのことをわてに確かめに来はったんや」

「いまさらなにを聞きに来はったん」

「お千香はんはうちの作業場を訪ねてきてな、少しの刻《とき》話したがな。お千香はんには高次《こうじ》郎《ろう》はんとの間に子がふたりいるそうや。男ばかりふたりな」

かえでが驚きの顔を見せた。

「うちに弟がふたりもおるんや」

「ああ、異父弟がふたりや」

萬吉とかえでの問答をお茂は黙って聞いていた。萬吉はお茂はこのことを承知だろうと思った。

「おかはんも承知やったんか」

かえでの問いにお茂が静かに頷いた。

「承知や。おそらく萬吉あにさんと会ったあと、あてが昔勤めていた上賀茂神社の祭礼の日に久しぶりに訪ねることになったのを承知でな、そこで待ってはったんや」

「おかはんはうちになにも言わへんかったな」

「かえでに話すかどうか迷ったんや。迷った結果、あんたがな、もう少し大きゅうなった折りに話そうとだれにも言わんであての胸に仕舞っとったんや。かえで、あんたには萬吉あにさんから時折り文がくるな、その文にもお千香はんのことは認めてなかったんやろ」

頷いたかえでが、

「おかはんもあにさんもうちには話さんかったんや」

「ああ、わてもかえでがもう少し大きゅうなってからでええと思うたんや。おかはんの気持ちも分かってやりいな。かえではもはや大江の養女やよってな、そこから京に奉公に来た今こそ話すときやと、わてらのお師匠はんは考えはったんや」

かえでは長いこと沈黙し考え込んでいた。

「かえで、雲ケ畑はな、余所者が暮らしていくのは容易うない在所や。お千香はんは悩んだ末に出ていきはったんや。そのこと、いまのかえでなら分かるはずや」

お茂が言ったがかえでは黙り込んでいた。

「どや、おかはんとこの萬吉のこと、怒とるんか」

「いや、もうええわ。うちは京での奉公を一生懸命つとめるわ。あにさんが宮大工の棟梁のとこで頑張っているように、うちもやってみるわ。うちのおかはんはひとりしかおらへん、雲ケ畑のこのおかはんの大江茂や」

と言い切り、

「ああ、そうや」

と萬吉が応じた。

三人はそれぞれの思いに沈んでいた。

長い沈黙を破ったのは、お茂だった。

「かえで、頼みがあるんや」

「なんや」

「お千香はんやがな、あんたが京に奉公に出たことを知ると思うわ。その折りな、必ずあんたに会いに来るような気がするんや」

「いまさら会うてどないするんや」

「お千香はんな、あんたを雲ケ畑に置いて出たことを今も悔いてはるんや。一度は必ず詫びに来はるはずや」

お茂の言葉に萬吉が頷いた。

「うちにはこうして身内がおるがな、どうしたらええんや」

「あての頼みは、その折りな、お千香はんの話をちゃんと聞いてな、詫びを受け入れてやりいちゅうこっちゃ。いまのあんたなら、それができるはずや。あてがそう育ててきたがな」

お茂の言葉はかえでには意外に聞こえた。

萬吉が黙って頷いた。

「うち、顔も知らん女《ひと》やで」

「かえで、お千香はんとは血が繋がっとるがな、すぐに分かるわ」

「うちはおかはんと萬吉あにさんがいればええ」

「ああ、わてらは格別な身内や、互いが考えとることをよう察しとるがな。けどな、お千香はんは、かえでの気持ちを知りたいんや、そんで詫びたいんや、それだけやと思うわ。かえで、奉公したらな、赤の他人は優しい人間ばかりやあらへんで。そんな折りな、頼りになるのは身内と違うか。わてらの師匠、かえでのおかはんやこの萬吉や。もうひとり、生みの母親を加えてやりいな」

「そうや、萬吉はんの言うとおりや。あてらの身内にお千香はんも入れてやりい」

と萬吉の言葉にお茂が賛意を添えた。

「会ってええんか、おかはん」

「あてはかまへん。あてら三人の関わりは生涯変わりあらへん。かえではあての娘やよってな。けど、お千香はんの気持ちも受けとめてやりいな。かえで、あんたならできるはずや」

とお茂がかえでに願った。

ふたたび長い沈黙のあと、かえでがこくりと頷き、

「お千香はんがうちに会いにきたら会うわ、会うて話すわ。けど、うちら身内三人は変わらへんで。それでええな、あにさん」

かえでが実の母親を直ぐに受け入れる心算はないことを知っていた。それでも萬吉は会

うことでなにかが変わるかと考え、

「おお、それでええ」

ふたりの問答を聞いたお茂が安心したように頷き、

「これであては安心して雲ケ畑に帰れるわ」

と言った。

「よっしゃ、かえでがどないな奉公先を選んでも幸せになるように、もう一度祇園社はんに戻ってな、お参りしよか」

「あにさん、そうしよか。おかはんとしばしお別れやもんな」

とかえでが自分に言い聞かせるように言った。

「萬吉はんもかえでも京に出てきはったわ。あてだけが雲ケ畑でふたりの帰りを待つんやな」

「わてら、お師匠はんから読み書きを習うたがな、これからは会えへんでも文でな、お互い身内の気持ちを伝えていこうやないか」

と萬吉が言い、勘定を女衆に願った。

「お弟子はんがお茶代払うんか」

お茂が驚きの顔で言った。

「棟梁のおかみはんがな、今朝な、わてに初めて財布を持たせてくれたんや。男はあんたひとりや、勘定くらい払うんやというてな」

「あにさん、ええとこに修業に出たな」

「ああ、かえでも修業先はよう選ばんとあかん」

「そうするわ」

とかえでが言い切った。


翌朝、萬吉とかえでは、鴨川が賀茂川《かもがわ》と名を変え、高野川《たかのがわ》と合流する出町橋までお茂を見送っていった。

「おかはん、独りで雲ケ畑まで帰りはるか」

「かえで、あてはこの先で生まれた人間やさかい。川沿いに雲ケ畑まで帰れるがな」

「おとはんの土産、持ったな」

「土産はな、あんたが奉公先を決めたことや」

とお茂が言った。

昨夕、花見本多に戻った三人は、改めて五郎丸左衛門と桂木夫婦に向かい合った。

「京見物は一日で十分どす。うちはなるべく早う奉公がしとうおす。旦那はん、女将はん、お力添えお願い申します」

　とかえでが頭を下げた。

「かえではん、京の奉公先やが、置屋で舞妓の暮らしを見んうちに決める気かいな」

　桂木もなんとなくかえでの気持ちを察しているようでそう尋ねた。

「女将はん、うち、舞妓はんより萬吉あにさんと同じように職人になりとうおす」

「えっ、職人やて。女子が宮大工になれへんがな」

「宮大工やおへん。舞妓はんの髪を結う職人はんになりとうおす」

　かえでの言葉に桂木ばかりか萬吉も驚いた。

「女将はん、うち、北山の山稼ぎの娘どす、舞妓はんには向いていまへん。それより舞妓はんの髪を結う仕事がしとうおす」

　桂木もしばし黙り込んだ。

「お茂はん、かえでの胸のうち、知っとったんかいな」

　と萬吉が聞いた。

「髪結はんとは考えもしまへんでしたけど、表方の舞妓はんや芸妓はんとは違うやろなと思うてました」

　萬吉はお茂から花見本多の五郎丸左衛門と桂木へ視線を移した。

「うちのんが勘違いしたのはよう分かるがな。かえではんは素顔でこれだけの美形や。けど、髪結はんとはな」

と五郎丸左衛門も勝手が違ったなという表情で、

「祇園には代々の髪結方がおるがな、明日にもかえではんを連れていかんかえ」

と桂木に命じた。

「分かりましたえ」

と応じた桂木が、

「かえではんは舞妓とばかり思うてましたがな、宮大工と同じように厳しい修業が待ってますえ。よろしいな《ね》」

「はい、決して音はあげしまへん」

とかえでが言い切って、翌日の予定が決まったのだ。

「かえで、花見本多はんに無理を言い張ったんや、頑張りや。ここにええ手本がおるがな」

と旅仕度のお茂が萬吉を見た。

「今日、なんとしても髪結職人はんに願うて弟子入りを許してもらいます」

とかえでが言い、

「萬吉はん、かえでを宜しゅうな。四年後にまた、あんたが十年の修業を迎えた折り、あてら身内三人京でな、お会いしましょ」

と言い残したお茂が早足で川沿いの北山雲ケ畑へと向かっていった。

「おかはん、行かはったわ」

「ああ、かえでの修業の日々が始まるがな、戻ろか」

と萬吉が言い、

「あにさん、うちが舞妓にならんかったんをどない思うてます」

「どうもこうもないわ。かえでが決めた道や、全《まつと》うしいな」

「するわ」

と言ったかえでが萬吉の手を取り、

「四年後、うちが半人前の髪結になった折り、萬吉あにさんを婿《むこ》にしてあげるわ」

と言うと川沿いに四条へと向かって歩き出した。

第五章　かえでの迷い

一

養母のお茂が雲ケ畑に戻っていったその日、かえでを髪結の女師匠ひろののもとに花見本多の女将の桂木が連れていってくれた。

「かえではん、あそこには舞妓はんやら芸妓はんやらが何人も来はってな、髷を結うてもらうんや。まず黙って髪結の仕事を見るんやな。ええな」

と道中、桂木はかえでに言った。

かえでは祇園切通《きりとおし》にあるという髪結のひろのの店と住まいを訪れた。

六畳間の作業場には手造りと思しき鏡台があってすでにふたりの舞妓の髷を、弟子に手伝わせてひろのがいじっていた。

「おや、花見本多の女将はん、なんや御用やろか」

「ひろのはん、事情はあとで話すがな、この娘にあんたはんの仕事を見せてんか」

「おや、綺麗《きれい》な娘はんやな、かまいまへんえ」

とひろのが答えた。

かえでは初めて髪結の仕事を見た。何人かの舞妓の髪結を見るとその手順が分かった。まず舞妓の地毛で髪を結う前に、炭火で熱したふくらし鏝《こて》をあてて癖直しをして前髪、左右の鬢《びん》、たぼを分けて、髷の土台になる根の位置を決める。そのあと、鬢付油《びんつけあぶら》で馴染ませながら添え毛を加えてかたちを整えていくのだ。鬢には鬢張りと呼ばれる半円の芯《しん》を入れて襟足《えりあし》の髪をすっきりと仕上げる。

鬢付油の香りのする作業場で師匠のひろのは弟子たちに手伝わせて、舞妓の割れしのぶやおふくと呼ばれる髷をまとめる鏝あてと結髪を四半刻ほどの速さで仕上げていく。驚くほどの手さばきだ。

女師匠のひろのの手先はまるで手妻師《てづまし》のように器用に動いて、それぞれ舞妓や芸妓の顔や髪質に合わせて微妙にかたちを変えていった。

かえでは初めての舞妓の髪結の場で、この場の雰囲気に慣れるには何年もかかるな、と思った。髪結方になることを望んだのは自分だった。ひろのの手先と眼差しを見ながら、

（うちにできるやろか）

と自信をすでになくしかけていた。

かえでが髪結の店を訪ねて四人目の舞妓が訪れた。

「あら、花見本多の女将はんや、どないしはったん」

と声をかけたのは、萬吉とお茂といっしょの折り、出会ったたつる家の舞妓まめ花だった。

「まめ花はんか、うちの知り合いがな、髪結を見たいと言うさかい連れてきたんや」

と桂木が応じると、

「うち、承知どすわ。宮大工の萬吉はんの妹はんやろ」

まめ花が言った。

桂木は萬吉が従兄妹を妹と紹介したんやな、と思い、

「なんや顔見知りか」

「かえでどす、宜しゅうお付き合いお願い申します」

とかえでがまめ花に初めて声を返し、

「まめ花はん、あの折り、愛らしい菜の花のかんざししてはりましたな」

と言い添えると、

「ああ、あの花かんざしか、ひろのお師匠の亭主はんが造りはったもんや。店の隣が仕事

場やで」

とまめ花は隣を指した。

「えっ、お師匠はんのご亭主が造りはるんどすか。菜の花のかわいらしいかんざしが男はんの手で造られるんや」

とかえでは驚いた。

「かえではん、仙造《せんぞう》はんの店を見てみるか。ひろのはんの髪結仕事には欠かせん花かんざしを造ってはるがな。ひろのはん、隣を見せてもろうてええやろか」

「女将はん、うちに一々断ることはおへん。好きなように見なはれ」

「ほなら、かえではん、隣のかんざし屋に行ってみよか」

とかえでを桂木が誘い出した。

「おや、花見本多の女将はんがうちに直々に来るやなんて珍しゅうおすな」

とひろのの亭主の仙造が恐縮の体で頭を下げた。

かえでが奉公しようとする祇園甲部《こうぶ》の女結髪師のひろのの亭主仙造は、舞妓の花かんざしを造る職人だった。女房が舞妓や芸妓の髪を結い、隣の店の祇園切通堂で亭主が季節を彩る花かんざしを造るというわけだ。

「この娘《こ》な、かえではんいうんやけど、ひろのはんの仕事が見たいと言うんや」

「へえへえ、勝手に見はったらええがな。すでに隣の髪結の作業場も見たんやな」

「見せてもらいました」

かえでの眼差しを見た仙造はかえでが舞妓になりたくてその暮らしぶりを見ているのやと考えた。それにしても老舗の茶屋の女将が舞妓志願の娘を連れてくるなんて珍しいな、とも思った。

「花かんざし、きれいやろ」

と造りかけの花かんざしをかえでに見せた。

桜だった。

「祇園の舞妓はんや芸妓はん、島原《しまばら》の太夫《たゆう》はんからの注文で造るんや。髪結の仕上げを飾るんがこの花かんざしや」

と仙造が言った。

作業場の背後に飾られている花かんざしの数々をかえではじぃっと見詰めた。その様子を見た仙造が、

「花かんざしはな、一年十二月で種類が異なるんや。一月の松竹梅《しょうちくばい》に始まって梅、菜の花、桜、藤、柳、祇園会の折りはうちわとお祭り模様、金魚、すすき、桔梗《ききょう》、菊、紅葉、あんたはんの月やな、そんで師走は顔見世《かおみせ》のまねきがお定まりやな」

と背後の花かんざしを説明してくれた。

かえでは舞妓の髷を雅に飾る花かんざしに一瞬にして魅了された。

「あんたはん、舞妓になりたいんやな」

仙造がかえでの顔と形を見て確かめた。

「いえ、それが」

かえでが迷っている風情に桂木は口を挟まなかった。

「あんた、出はどこや」

仙造が老舗の茶屋の女将を気にしながらも尋ねた。

「北山の雲ケ畑の山育ちどす」

「楓が色づく季節、雲ケ畑はきれいやがな。親御はんはなにしてはったん」

「山稼ぎをしてました」

「磨丸太の手入れかいな」

「はい」

「ならばわてが説明せんかて、季節季節の山の花や木をよう知ってるやろ。さようか、かえでという名も北山育ちやからつけられたんやな」

と仙造が得心した。

「そう聞いてます。物心ついた折りから父親の山稼ぎに従って四季折々の花を見て育ちました」

「そうか、それはええこっちゃ」

仙造が言い、

「このかんざし、髪結の師匠のところに持っていってくれんかいな」

と桜の花かんざしを渡した。

この日、桂木はなにもひろのと仙造に話すことなく花見本多に戻った。帰る道すがら、

「かえではん、どないやった」

「は、はい」

「なんやら迷うている様子やな」

「女将はん、うち、髪結はんは髷を結うだけやと思うてました」

「髪結と花かんざしを夫婦の職人でしはるのんは、京の花街でもひろのはんと仙造はんのとこだけや」

「職人はんは髪結も花かんざしも両方修業するんどすか」

「いや、違うやろ。仙造はんのとこは昔ひとり女弟子がいたはずや。けど、いつの間にか辞めはって何年も花かんざしを独りで造ってはるわ。かえではん、あんた、花かんざしが

好きなんか」

「はい」

と返事をしたかえでは、

「女将はん、好き嫌いだけで仕事を選んでええんやろか。髪結が分からんと花かんざしは造れまへんやろ」

しばし無言で歩いていた桂木が、

「しっかりとな、考えて仕事を選びや。ほんでな、もうひとつ、言うとくわ。ひろのはんと仙造はんのとこは住込み弟子はおらんはずや、通いや」

「通いどすか、うち、どないしよ」

「あんた、住込みがええんか」

「いえ、通いでもかましまへん。けど、うちの家は雲ケ畑どす。通えまへん」

「うちにしばらくいてな、よう考えなはれ」

「女将はん、うち、よその仕事をするのんに、花見本多はんにいてかましまへんのんか」

「うちら、何年も前、杉坂の船水はんで会いましたな。あの日以来の付き合いや。お茶屋はな、もう知ってのとおり家だけは広うおす。馴染みのお客はんが来はって舞妓はん、芸妓はん、囃子《はやし》方を呼んで、料理は仕出し屋からとります。お酒やお茶は出しますさかい、杉坂の船水を使うてます。お馴染みはんの望みを聞く商いや。かえではんがうちでかまわんのやったらに好きにしぃな」

桂木はなにか考えがあるのか、余所に奉公するというかえでに言った。かえでは歩きながら沈思して、

「女将はん、うち、通いの合間になんでも花見本多はんの手伝いします。どんな部屋でもかましまへん、住まわせて下さい」

と願うと、桂木がうんうんと頷いた。


そんなことがあった数日後の夕方、髪結師のひろのと花かんざし造りの仙造のふたりが花見本多に呼ばれた。

すでに桂木と髪結のひろのと仙造とは、かえでの知らぬところで話し合いが済んでいるように思えた。そこへ萬吉まで呼ばれたらしく姿を見せた。

「女将はん、仙造はん、ひろのはん、かえでがご迷惑をおかけします」

と萬吉が三人に挨拶し、

「あんたはんが兄さんか、たしか宮大工の巽屋吉兵衛はんのとこの職人やったな」

と仙造が挨拶する程度には知り合いの萬吉に言った。

「へえ、かえでとわては正しくは従兄妹同士でしてな、物心ついたころから兄妹のように育ちましたんや。ほんで皆はんに兄と妹と思われます」

「そうか、従兄妹やったんか」

と得心するように仙造が言った。

「仙造はん、ひろのはん、うちな、このふたりとは十年近《ちこ》う前にな、偶さか北山の杉坂にご神水を汲みに行った折りに知り合《お》うた間柄なんや。そのときから京でふたりが奉公したいと言うさかい、うちと亭主の五郎丸左衛門が面倒みる、好きなところに奉公させると約束したんどす。萬吉はんを巽屋の十代目棟梁吉兵衛はんのところに口利きしたんも、うちの人どした。こんどはかえではんの番やが、うち、当初舞妓はんになりたいんやと勘違いしていたんや。けど久しぶりに会《お》うたら、舞妓はんより髪結の職人になりたいと言いますやんか。そんでな、この前、うちがかえではんを連れて行ったんどす」

と桂木が説明すると、

「花見本多の女将はんが直々に髪結の修業の世話をするやなんて珍しゅうおすな」

とひろのが関心を持った。

「初めてのこっちゃな。けど、このふたりとは最初から縁があったということどす」

「そんでどないしはる心算《こころづもり》や、かえではん」

ひろのがかえでの気持ちを確かめた。

「うち、京のことも祇園のこともなんも知らんと皆はんにこないにご迷惑かけてます。過日、師匠の仕事場を覗かせてもろうて、髪結はんの仕事を初めて知りましたんや」

「で、迷ったんと違うか」

ひろのがかえでの気持ちを察したように質した。

「花かんざしを旦那はんが造りはるのを見て、ああ、花かんざしも髪結はんの仕事の一部なんやと思いました。お師匠はん、髪結はんと花かんざしを造るんは、当初から修業が違いますんやろか」

初めてかえでの迷いを知った萬吉が驚きの表情を見せたが口は開かなかった。

「髪結の仕事として花かんざしを学ぶのんは悪いこっちゃおへん。けど、かえではん、あんたはんは花かんざしを造るのが好きなんと違いますか」

とひろのが重ねて質した。

「はい。うちは物心ついたころから萬吉あにさんと雲ケ畑で育ちましたさかい、季節の花々にはいつも接してきました。けど、花かんざしを造る仕事があるやなんて、考えもしまへんでした」

ひろのがかえでの正直な言葉を聞き、

「ならば、うちの亭主のところで花かんざしを修業したらええがな、舞妓はんや芸妓はんの髷をいつもうちで見ることができるさかい、勉強にもなるしな」

と言った。

かえでが萬吉を見た。

「かえで、好きな仕事をするのんがなによりや。けど、いったん決めたら、そう容易く変えるわけにはいけへんわ。花かんざしの修業をしながら、髪結の仕事も学ぶんや。ふたつは違うようで繋ごうてくる。髪結と花かんざしや衣装がそろって、一人ひとりの舞妓はんや芸妓はんができあがるんやろ」

と萬吉が言った。

萬吉の言葉をしばし沈思したかえでが、

「お師匠はん、花かんざしの修業がしとうございます。奉公させておくれやす」

と両手をふたりの前について頭を下げた。

仙造とひろのが顔を見合わせていたが、

「あんた、花見本多の女将はんの後見やで、断ることができるかいな」

ひろのが言い、

「けどな、あにさんが言わはるように、かえではん、きれいや、美しいわだけで、仕事はできしまへんえ。花かんざしは細かい作業やがな。根気仕事やで」

と忠言した。

「はい、分かります」

と答えたかえでが、

「ご一統はん、ちょっと中座させてもらいます」

と断り、その場からいなくなった。

「どないしたんやろ」

桂木が萬吉を見た。

「女将はん、わてには分かりまへん」

と萬吉が答えたとき、かえでが戻ってきた。その手に花かんざしらしきものがあった。

「先日、お師匠はんのところで花かんざしを見せてもろうて、うちにできるかどうか、女将はんに鋏《はさみ》やら絹地《きぬじ》の端切れをもろうて造ってみましたんや。お師匠はんとは比べようもおへん。見ておくれやす」

と仙造に差し出した。

「かえで、仙造はんに断りもせんと、素人《しろうと》が花かんざしを見ようみまねで造ったちゅうんか」

と萬吉がきつい口調で質した。

「はい、あにさん」

「かえで、考え違いしとらんか。仕事は子どもの遊びやないで、お師匠はんになろうという お人に遊びで造った品を見せるやなんて失礼も甚《はなは》だしいがな」

と萬吉が怒声を発した。

かえでは初めて他人の前で萬吉に叱られて、慌てて引っ込めた。顔色が真っ青に変わり、引き攣《つ》っていた。

「待ちいな、萬吉はんのお叱りも分かるわ。けどな、まずわてにそれ、見せてんか」

とかえでの手から仙造が取り、

「桜と紅葉か、わての仕事場で花かんざしを見て初めて造りはったんか。ううーん、これはうちの真似のようで全く違うもんや。かえではんの花かんざしやがな」

と唸った。

「かえではん、あんたがなんやらあれこれと借りるよって、なにしてるかと思うたがな。子どもの遊びにしては、えろう熱心やと思うてましたんや」

桂木は仙造が手に載せた素人芸の花かんざしをしげしげと見る様子に、

「どないや、仙造はん」

と質した。

「女将はん、えらい才やで。雲ケ畑で物心ついた折りから草花に触れてきたんや、よう桜も紅葉も特徴をつかんではるがな。花かんざし造りを三年やった弟子と同じや、いや、それ以上やわ。道具も材料ものうてようもこれだけのもんを造ったがな。ひろの、そう思わんか」

「あんた、これ、初めての娘が造った花かんざしやおへんで」

とひろのも亭主に同意した。

だが、かえでは萬吉に叱られてしょぼんとしており、泣きたいのを必死で堪えていた。萬吉もどうしていいか分からず、困った顔をしていた。

「花見本多の女将はん、かえではんをな、花かんざし造りをわてのもとで修業させておくれやす。四、五年後には一人前の花かんざし造りの職人に育ててみせます」

と仙造が言い切った。

かえでが萬吉を見て、

「あにさん、どないしょ」

と泣き顔を見せた。

しばし沈思していた萬吉が、

「かえで、これからはな、お師匠はんにどないなことでも断ったうえでやるんや、ええな」

「はい、そうします」

とかえでが萬吉に答え、仙造とひろのの前に改めて両手をついて、

「お師匠はん、最前は失礼を致しました、許しておくれやす」

と願った。

「かえではん、ええ兄はんを持ったな。さすがに宮大工の十代目巽屋吉兵衛はん付きの弟子を六年もしはった萬吉はんや、ものの道理が分かってはるがな」

と仙造が言い、

「どうかかえでを花かんざし造りの弟子にしておくれやす」

と萬吉が両手をついて改めて願った。

二

瞬く間に歳月が流れた。

花かんざしの造り方の基《もとい》は、羽二重《はぶたえ》を花びらにつまみ、姫糊《ひめのり》の上に花びらを載せ、土

台をつくる。この土台の上に花びらを載せ花をつくり、「つと」と呼ばれる台に花を挿《さ》して一日乾燥させる。一方でつぼみをつくる。色合いとかたちを考えながらつぼみをつけていき、花は平糸《ひらいと》でまとめる。たとえば梅の場合は赤と鶸色《ひわいろ》の二色で纏めると凜とした梅の花のかんざしになる。

このやり方は花かんざしの師匠仙造の独自のやり方だ。

かえでは最初の二年で徹底的にこの造り方の流れを叩きこまれた。羽二重から花びらを切り抜く道具は「鏨《たがね》」が使われた。

この花かんざしの造り方には、

「造花式」

「つまみ式」

のふたつがあるが、仙造の方式は「つまみ式」である。

仙造はかえでが持つ天性の花への知識や想いをいったん忘れさせて、花かんざしと本物の花びらの違いを叩き込んで、とことん基をその身に覚えさせた。

さらに舞妓の体付きや顔のかたちなどで花かんざしを微妙に変えて、舞妓一人ひとりに合うように造ることを学ばせた。

かえでが切通堂でかんざしを購う舞妓の顔と十二月それぞれの花かんざしの種類を覚え

て手造りを試し始めたころ、仙造の店先にひとりの女が立った。

「おいでやす」

客の気配に顔を上げたかえでは体が竦《すく》んだ。

(実母の千香だ)

とかえでの体内を流れる「血」が教えてくれた。

仙造がふたりの間に流れる沈黙の緊張に気づき、ふたりを交互に見た。

「師匠、うちのおかんどす」

とかえでが言った。

「雲ケ畑のおかはんと違うやないか」

「はい、うちを生んでくれた母親のお千香はんどす」

お茶屋花見本多の女将に、かえでには生みの親と育ての親がいると教えられたことを仙造は思い出した。

「こちらはんと会うのは初めてやな」

「はい、この歳まで会うたことがおへん」

とかえでが言うと、千香が、

「あては時折り、遠くから見てました」

と小声で応じた。

「うちに上げたいけど狭い店と家や。どや、花見本多はんにおかあはんを連れてってな、話しなはれ」

「お千香はん、うちの仕事が終わるまで待ってくれますか」

とかえでが千香に願った。

千香は、他人行儀に母親を名で呼ぶことにかえでの気持ちを察した。

「かえではん、あて、大坂に住んでますんや。今日じゅうには帰らななりまへん」

と遠慮げに言った。

「かえで、少しでも話したほうがええのと違うか。今日は特別や、花見本多はんでひと晩泊まってもろうて、ゆっくりしたらどうや」

「花見本多はうちの家と違います。師匠が許してくれはるなら、祇園社にお参りして道々ふたりで話します。それでよろしいか、お千香はん」

かえでは実母の名を呼んで許しを乞うた。

「へえ、あては今夜にも伏見から大坂に帰りますさかい、それで結構どす」

「ならばちょっと待っておくれやす」

とやりかけの仕事を手早く終えたかえでが前掛けを外して身なりを整え、

「お待たせしました」

と千香に言った。

仙造の花かんざしの店にかえでが戻ってきたのは一刻後のことだった。

「おかあはんはどないしはった」

「伏見から夜船の三十石《さんじっこく》下り船に乗らはって大坂に戻りはるそうどす」

「かえで、それでよかったんか」

「うちの雲ケ畑のおかはんが京に出てきた折りに、みんなで会う約束をしましたんや。その折りにゆっくりと話します。雲ケ畑のおかはんはお千香はんをうちよりよう承知で、いまも文を交わす仲やそうどす」

仙造はなんとも複雑な顔をした。

「お千香はんにはうちの異父弟がふたりいるそうどす。お千香はんとうちはあれこれと事情があって、母娘の縁がなかったんやと思います」

「けど、生みの親やで」

「師匠、うちは物心ついた折りから父親とふたりだけの暮らしどしたわ。父親が身罷った折り、うちが独りで暮らすのんを気の毒に思うた雲ケ畑の読み書きの師匠が母親代わりを務めてくれはって、いまではうちの母親は雲ケ畑村長の嫁の大江茂やと思うてます。大江の身内もうちを受け入れてくれてます。それもこれも萬吉あにさんがいたからできたことどす」

その辺りの経緯を承知か、仙造がうんうんと頷き、

「けど生みの親は最前のお千香はんやろ」

と繰り返したが、かえでは小さく頷いただけだった。


この夜、萬吉が花見本多の茶屋にかえでを訪ねてきた。生みの親の千香が訪ねてきたことをだれかから聞かされたのだろう。萬吉が勝手口から台所に入ると桂木がいて、

「萬吉はん、かえではんは座敷を手伝うとるが」

「邪魔やったら、また出直します」

「待ちいな。あんたがうちに来たんはかえではんのおかはんが訪ねてきたことを知ったからと違うか」

「そうどすわ、女将はん」

「かえではんはうちにな、お千香はんが来たことは告げたけどな、なにを話し合ったか一言も言わへんのや。なんや案じごとがあるんやろか」

と桂木が心配げな顔で言った。

かえでは昼間こそ仙造の店で花かんざし造りを修業していたが、朝と宵は茶屋の花見本多を手伝っていた。いまや花かんざし造りとお茶屋の手伝いはかえでの生きがいになっていた。

舞妓芸妓衆から慕われる茶屋の女将の仕事は多彩だった。そんな桂木をかえでが手伝い、いくつもある茶屋の座敷に季節に合った花を飾り、掛け軸や調度品を変え、御贔屓《ごひいき》に合わせた舞妓芸妓の手配をした。

若い舞妓にとって桂木は、頼りになる存在だが、同時になんでも花街のことを承知ゆえ怖い女将でもあった。反対に同年配のかえでは、気軽に話ができた。近ごろでは、桂木がかえでを実の娘のように御贔屓に紹介したために、

「今宵は女将はんでのうて、若女将でええがな」

とかえでを贔屓にする客もいた。

「あら、萬吉あにさん、どないしたん」

折りしも座敷から器を下げてきたかえでが萬吉に声をかけた。

「萬吉はんはかえではんを案じて見えたんやがな。座敷はうちがやるさかい、あにさんと少し話しいな」

と桂木がふたりに言った。

ふたりは広い台所に接した控えの間で対面した。

「萬吉あにさん、心配はなんもあらへん。雲ケ畑のおかはんが文でうちが京で奉公していることを教えはったんやて」

「おれらの師匠が知らせんかて、お千香はんはかえでが京で働いていることは承知やろ。かえでの住まいはお茶屋の花見本多やがな、京生まれのお千香はんなら花見本多がどんなところか承知や。そんで訪ねてくるのんを遠慮して仙造はんの店を訪ねたんと違うか」

萬吉の推量にかえでが頷き、言った。

「そうどす」

「なんぞ話があったんか」

「お千香はん、うちに詫びはったわ。決して捨てたんと違うというてな。うちはもうそのことは分かってます、おとんも何年も前に死にはって、うちが雲ケ畑の大江茂はんの養女になった経緯も承知やろ、と質したら、お茂はんから知らされたと答えはったわ」

「そうか、お千香はん、幸せに暮らしてはるんやろな」

「自分のことは一切言わはらへんかったわ。で、次に雲ケ畑のおかはんが京に出てくる折りに、みんなで話すのを楽しみにしていると言い残して大坂に帰りはったわ」

「どや、かえでの気持ちは」

萬吉の問いにかえではしばし沈黙して、

「この話は終わったことと違うか。うちのおかはんは雲ケ畑におるがな」

「そや、大江茂はんがかえでのおかはんや」

と応じた萬吉が、

「こんなふうに話す機会は滅多にないわ。近ごろかえでも花かんざし修業とお茶屋の手伝いで忙しいがな。どや、案じることはないか」

「うちはなんも案じることなんておへん。あにさんこそどないや。宮大工の修業がそろそろ十年になるがな」

「ようやく見習いを脱したとこや。仕込みから見習いを経て舞妓になったけど、襟替えはまだやな」

萬吉が花街の舞妓芸妓の出世に譬《たと》えて自分の立場を言った。

襟替えとは舞妓から出世して芸妓になることだ。

「えらい謙虚《けんきょ》やな、あにさんは」

「かえで、なにか承知か」

「二月《ふたつき》前やろか。お馴染みの旦那はんが巽屋の十代目をうちに招いてな、祇園会の仕度の話をしはったんや。その折りな、あにさんのことが話に出たがな」

「かえで、座敷での話を他人にしたらあかん」

萬吉が慌てて注意した。

「けど、他人さんやないわ、当人やわ」

しばし沈黙した萬吉が、

「棟梁は出来の悪い弟子に困ってはるんやないか」

とかえでに問い返した。すでに萬吉は宮大工のひとりとして巽屋で遇《ぐう》されていた。

「それが反対なんや、あれだけ物覚えのええ弟子はおらんと褒めてはったわ。とくにな、茶亭の飾柱、出絞の使い方は棟梁より上手や、あの才は生まれ育った北山の出絞が授けたもんやで、と言うてはったわ」

京で代々続く流派の茶人が新たな茶亭を普請したとき、吉兵衛は一畳の床の間の飾柱を萬吉に選ばせ、床柱と飾柱の組み合わせも任せた。普請がなった折り、茶人が、

「一客一亭《いっきゃくいってい》のええ造りや」

と褒めてくれたことがあった。吉兵衛はそのことを念頭に置いてそう言ったのかと思ったが、

「旦那はんらの手前、そう言うたんやろ。ともかく花見本多の女将はんもお千香はんがかえでに会いにきたことを案じてはったわ」

と萬吉が話題を転じた。

「うちがお千香はんに会ったかて、なんも変わらんわ。あにさん、女将はんにそう言うてえな」

とかえでが願い、

「ああ、そうしよ」

萬吉は答えた。

そのかえでに新たな出来事が生じた。

花かんざしの修業が始まって三年目が終わりに近づいたころ、仙造がかえでに、

「わてが造る花かんざしの真似をもうせんでええわ。かえでの考える花かんざしを造ってみんか」

と問うたのだ。

かえでは、もはや仙造の十二月の花かんざしの造り方を頭と手に刻み込んでいた。その花かんざしの造り方は長年の職人の技が生み出したものですでに完成されていた。王道ともいえる花かんざし十二月に弟子なんぞが手を入れようにもできなかった。だが、年季と技量に差があったとしても男職人と女職人ではかたちやら色彩感覚が異なった。そのこと

にかえでは気づいていた。仙造もまた女の弟子の気持ちを察していた。

「師匠、花かんざしを一年分どすか」

「花かんざしは季節の飾りや、当然十二月分造ってみい」

お茂が教えた読み書きの字でいえば、仙造のそれは楷書《かいしょ》だった。かえではもっと崩した草書《そうしょ》の花かんざしができないかと思った。仙造の王道の花かんざしには、二月の梅、三月の菜の花、四月の桜、五月の藤、六月の柳、八月のすすき、九月の桔梗、十月の菊に十一月の紅葉と九種類、自然の草木と花があった。それを変えることができるだろうか。

かえでは北山の季節に咲く花を数多《あまた》承知していた。

「慌てることはないさかい、かたちを固めてみいや。わての仕事場やのうて花見本多はんの部屋でこさえてもええがな。かえでが得心いくもんができた折りにわてに見せえな」

と告げた。

その夕べ、かえでは花見本多に戻り、台所の手伝いをしたあと、自分の部屋で花かんざしの十二月を絵に描いてみた。幾たびも幾たびも描き直したが、師匠の花かんざしが随所に顔を覗かせているように思えた。

そんな日々を何日か繰り返したあと、かえでは描いた花かんざしの下絵を見せに宮大工の巽屋に萬吉を訪ねた。

萬吉は棟梁の居間にかえでを連れていった。そこでかえでは訪《おとな》いの経緯を告げた。ために吉兵衛もおかみのお宮《みや》もいて、二人の問答を聞くことになった。

萬吉はかえでの師匠の仙造の造る花かんざしを承知していた。下絵を見た萬吉が即座に尋ねた。

「仙造師匠がかえでの考える花かんざしを造ってみぃと言うたんは、どういうことやと思う。お師匠はんの真似せえと言うたんやないやろ」

「違うわ、うちが工夫した花かんざしを造れと命じはったんやと思うわ」

「ならば、かえで、この下絵は師匠の花かんざしの真似っこやで。この下絵で花かんざしこさえたら、師匠は承知せんやろな」

と萬吉が言い切った。

吉兵衛が萬吉のきつい言葉に驚きの顔を見せた。

「やっぱりそうか」

とかえではぼそりと呟いた。

「かえではそのことを承知していたんやろが、さっぱりあかんわ」

萬吉がこれほど強い言葉でかえでの下絵を評するとは思わなかった。吉兵衛の前で愕然《がくぜん》とするかえでに、

「かえで、わてらの造るお寺はんや権現《ごんげん》はんの建物はな、ここにいはる師匠の意をくんで造るんや。当然のことや、何代にもわたって使われる建物は莫大な金子がかかっとるさかいな。地震や大水など天災にも耐えられる建物は、師匠が先代の師匠に教えられた技を頭にも手にも刻み込んで造られたものや。わてら弟子一人ひとりは棟梁の想いを察して動くだけや」

萬吉はしばし黙り込んで吉兵衛を見た。

「萬吉、わてのことが気になるならどないなことでも譬えに出せや。言いにくい話なら別の部屋でせえ」

「いえ、お師匠はんに聞いてもろうて、わてはかまいまへん。これはかえでの迷いどす」

と言った萬吉が続けた。

「わて、師匠が独り立ちした折り、最初に造りはった建物を見ましたがな。先代の師匠の教えどおりの建物やったわ。この二年、師匠が造ったお寺はんやお宮はんや、かえでの世話になるお茶屋はんや分限者の数寄屋をほとんど見て回ってな、そう思うたわ」

萬吉の言葉に吉兵衛が苦笑いし、かえでは師匠の前で正直な気持ちを吐く萬吉に驚愕していた。

「けどな、師匠が何年か後に建てはったお寺や数寄屋は先代の師匠と違うもんやったわ。

烏滸《おこ》がましい言い方やが、師匠は師匠のお寺をものにしはったんや。先代の師匠とは違うもんやと、わては思うたわ」

吉兵衛の顔の笑いは消えていた。

(こやついつの間にこんな言葉を)

「あにさん、うちは師匠の言う花かんざしを当分造られへんと言わはるんか」

「違う」

と萬吉が首を横に振った。

「建物と花かんざしは違うわ。花かんざしは舞妓はん方の髷に飾られる、その季節だけのものや。時世や流行《はや》りに合わせた花かんざしは消えもんやろ、記憶に残るだけや。それだけに、怖いのと違うか。かえでの花かんざしが仙造師匠と同じもんやったら、舞妓さんは師匠の花かんざしを使いはるがな。そやろ、技では師匠に敵《かな》わへんがな。ええか、消えもんをなめたらあかん。花かんざしはその年のその季節だけに飾られるもんやろ。それだけに舞妓はんの生涯、頭に刻み込まれて残るもんやで。造った職人はそれだけに怖いて、そう思わんか」

かえでは長い沈黙のあと、

「そや、あにさんの言うとおりや。うち、どうしよう」

と言った。

萬吉が沈黙した。

吉兵衛もお宮もなにも口出ししなかった。

萬吉が幾たびも己の考えを問い直す表情を見せていたが、不意に言った。

「かえで、師匠はんに断ってな、二、三日雲ケ畑に戻ってきいへんか。かえでの生まれ故郷の祖父谷川の流れや山に咲く花々を見てな、師匠のもとに弟子入りを願った折りの初心を改めて思い出してみいへんか。なんぞ思いつくことがあるやもしれんで」

と萬吉が言った。

「雲ケ畑にうちが戻ったら、なんぞ変わるんやろか」

「さあてな、わてにはかえでの気持ちが変わるかどうか分からへんわ。けどな、かえでが雲ケ畑から戻った折り、今のかえでが知っとる祇園への思いとは違うて見えるんやないやろか、そう思うたんや」

吉兵衛は、萬吉がふだん棟梁の自分や仕事仲間に見せたことがない一面をさらけ出していると思った。

「あにさんはもう十年近《ちこ》う雲ケ畑に戻ってへんな」

「戻っとらんわ。わてにはわての生き方があるやろ、かえでにはかえでの生き方があるがな。雲ケ畑の自然が教えてくれる生き方があるはずや」

「そやな、あにさんはうちと違うわな」

「わてらは未だ修業の身や、独り立ちになるまで手を抜かんと頑張るしかないわ」

「うちが四年もせんと雲ケ畑に戻ったら、修業を諦めたと思われるんやないやろか」

「かえで、雲ケ畑に戻ってダメになる見習い職人もきっとおるわ。その程度の見習いなどこの先、どんだけ修業しても同じこっちゃ。かえでは雲ケ畑に戻ってかえでの花かんざしを考えて京に帰ってくるやろ、きっと雲ケ畑がかえでになにかを教えてくれるわ」

しばし考えたかえでは、吉兵衛ら三人に丁寧な辞去《じきょ》の挨拶をすると花見本多に戻っていった。

萬吉はその場に残った。

「師匠、えろうすんまへん。かえでに分からせようと思いついたのが師匠のことでした」

「萬吉、おまえ、この数年早起きしていたが、わての造った建物を見て回っとったか」

「へえ」

「お宮、えらい奴を弟子にしたがな。わての仕事ぶりを弟子が評しよるがな、それも当人の前においてやで」

「あんたのおらんとこで萬吉が先ほどのようなことを喋ったんやったら、却って気分が悪いがな、違うか」

「うーむ」

と唸った吉兵衛が、

「それがよう当たっとるんや。すべて見抜かれとるがな」

「おまえはん、萬吉を外に出したらあかんな」

「ああ、あかんわ」

巽屋の十代目の夫婦が言い合った。

「師匠、おかみはん、生意気にもえろう非礼な言葉を吐いてすんまへん」

萬吉が頭を下げ、

「萬吉、あんたとかえではほんは実の兄妹以上の間柄やわ」

とお宮が応じた。

三

かえでは花見本多の主夫婦に相談し、さらに仙造に、

「師匠、雲ケ畑に数日戻って、花かんざしの創意工夫を考えとうおす、お許し願えましょ

うか。それとも祇園の習わしを在所で考えるなど無理やろか」

と尋ねた。しばし沈思していた仙造が、

「かえで、おまえが悩んでいることは察していたが、雲ケ畑で祇園の舞妓の飾りを考えるて言い出しはるとは思わんかったわ。おまえの考えかいな」

「違います。萬吉あにさんに相談したら、うちの生まれ在所の山やら川の流れやら花々がなんぞ教えてくれるんやないかと言わはったんどす。うち、修業の途中で雲ケ畑に戻るんはどうかと思うたんどすが」

「萬吉はんはそう言わはったか。宮大工の十代目巽屋吉兵衛はんは厳しい棟梁として知られているがな、あの棟梁のもとで十年近く雲ケ畑に帰らんと頑張ってはる兄はんの言葉は得難いがな。修業のやり方はあれこれある、三日だけ暇をやろうやないか。萬吉はんの考えが当たっているかどうか、雲ケ畑を見てこんかい」

と許しを与えた。

かえでは仕事の道具は一切持たずに身ひとつで鴨川の水源の郷の一つ雲ケ畑に戻った。

すると養母のお茂が四年も経たぬうちに北山に戻ってきたかえでを見て、

「どないしたん」

とも尋ねずに黙って迎えた。

なにより喜んだのはよぼよぼに老いた飼い犬のヤマだった。かえでが承知だったヤマよりさらに年老いた犬になっていたが、かえでとの再会を全身で喜んでくれた。

かえではお茂とヤマといっしょに無住の山小屋を訪ね、お茂が時折りお参りしてくれるという父親の岩男の仏壇を清めて、祖父谷川に咲く季節の花々や草を摘んできて捧げた。

そして両手を合わせ、

(おとん、力を貸してえな)

と願った。

その瞬間、かえでの胸の中でそよ風が吹き抜けたような感じがした。これが生まれ在所に帰ってきたということか、とかえでは思った。

夕餉前、かえでは大江家の身内の前で雲ケ畑に戻った経緯を縷々《るる》告げた。すると隠居の寿衛門がほっと安堵した顔をして、

「師匠がたった三年しか奉公しとらんおまえに、自分の考える花かんざしを造れと言わはったんか。お茂、かえでの修業ぶりを認めたということやないか」

しばし沈思していたお茂が、

「お舅はん、あてもそう思いますわ。それに萬吉はんがかえでの雲ケ畑帰りを勧めたんは、

かえでの迷いを、悩みをよくよく認めてのことやと思います」

「わて、かえでの顔を見たとき、奉公を辞めさせられて雲ケ畑に戻されたんかと思うたがな」

養父の六紅が正直に案じた思いを告げると、

「うち、舞妓の花かんざしなんて見たことないがな」

と雲ケ畑生まれの養祖母のときが言い、

「かえで、あんたが拵えようとして悩んでいる花かんざしは持ってきてへんの」

とお茂が聞いた。

「おかはん、うちの仕事場は祇園やと思うてます。雲ケ畑を見てきなはれと師匠もあにさんも言うたんは、京とは違う景色を見て初心を思い出せということやと思います。せやからなんも持ってきてへん。その代わり」

とかえでは師匠の仙造の造った花かんざし、松竹梅、梅、桜の三つを見せた。

「舞妓はこれを髷に飾るんかい、きれいやないか。あてはかえでが造る花かんざしが一日も早う見たいがな」

とお茂が言い、

「そや、京でお千香はんに会ったんてな」

と話柄を変えた。

「うちの仕事場に訪ねてきはって、いっしょに祇園はんに詣《もう》でてきましたんや。道々あれこれと話してな、お千香はんの気持ちがうちにもよう分かりました。うちを生んでくれたお千香はんも安心して大坂に帰らはりましたわ」

かえでの受け止め方を聞いたお茂が、

「そうか、よかったな、よかったわ」

と安堵したように呟いた。

かえでは翌朝早くからヤマといっしょに雲ケ畑のあちらこちらを見て回った。物心ついて以来、雲ケ畑の自然と四季がかえでの生きるすべてだった。

父親の岩男に連れられて山稼ぎに行き、その合間には祖父谷川の流れの中に落ちた枯木や葉っぱを取り除いて水守するのを、ヤマといっしょに見ていた自分を思い出していた。

かえでは着物の裾《すそ》をめくって流れに入り、水の冷たさを感じながら、この流れをきれいにする水守を続けてきた父親の生き方を思い出していた。他人の持ち山の出絞を切って売ろうとするような盗人《ぬすっと》まがいの人間だった。雲ケ畑の暮らしや亭主の岩男の生き方に愛想をつかした千香の気持ちも理解できた。

だが、どんな折りでも水守を続けた父親をかえでは認めたかった。京の暮らしを少しでも知ったかえでには、岩男の気持ちも理解できた。そして、千香が幼いかえでをこの雲ケ畑に残して去らざるを得なかった気持ちも察せられた。

(うちは捨てられたんと違うんや)

そのおかげでお茂という養母が、大江家の身内ができたんやと思った。

(これがうちのさだめやったんや)

とかえでは久しぶりに雲ケ畑を見てそう思った。

(新たな気持ちで京に戻り、花かんざしを造ってみよ)

と一日ヤマと過ごしたかえでは心に決めた。

その夕餉の折りに、

「おかはん、うち、明日京に戻ります。この次には未だ半人前やろけど、花かんざしを造る女職人としてみんなと会いとうおす。その折り、文を出すよって、皆はんで京にうちを訪ねて、うちの造った花かんざしを見ておくれやす」

とかえでが言い切った。

お茂を始め、身内の皆が、うんうんとかえでの新たな決意を認めた。そして、養母のお茂が、

「かえでの花かんざし十二月は思いついたんか」

「おかはん、未だ自分の花かんざしの姿が思い浮かんでいるわけやおへん。けど、祇園の仕事場に座った折り、きっとうちの花かんざしが頭に浮かんでいると信じてます。きっと雲ケ畑に吹く風や祖父谷川の水の冷たさがうちになにかを思い出させてくれたんやと思います」

お茂の両眼が潤んでいた。

「かえで、萬吉あにさんが京にいてよかったな」

「はい、あにさんが京に修業してなんだら、うちが奉公できたかどうか自信おへん。あにさんは頑張り屋や、もう十年も雲ケ畑に戻らんと頑張ってはる」

「ああ、父親の千之助はんがな、萬吉はもううちの倅やないわ、京の宮大工の職人にもらわれていったんや。あれは奉公やないて、寂しげにも自慢げにも言うてはるがな。萬吉はんは必ず立派な宮大工になるわ」

と養父の六紅が言い切った。

「おとはん、うちもあにさんを見習いたいと思います」

かえでの言葉を聞いたお茂が、

「萬吉とかえでは幼いころからまるで兄はんと妹のように仲よかったな」

と言うと、かえでは、

「うちら、きっと生涯別れることはおへん」

と応じていた。

翌朝、雲ケ畑の外れまでかえではお茂とヤマに送られて京へと戻っていった。

その背を見送るお茂は、

(かえでは一人前の女職人に、花かんざしを造る職人になる)

と確信しながら、

(あてはふたりの手習い師匠やのうて、こんどは母親になるんやろか)

と萬吉とかえでの数年後をなんとはなしに思い浮かべていた。


京に戻ったかえではその日のうちに萬吉に雲ケ畑から戻ってきた挨拶をした。萬吉はかえでの顔を見るとうんうんと頷き、

「よかったな」

と一言いった。

「あにさん、おおきに。あにさんの忠言があったよって、うちの中で迷いが、悩みが吹っ切れたわ」

「そうか、明日から新たな気持ちで頑張りや」

「はい、そうします」

とかえでが竹籠に負ってきた雲ケ畑の農作物を、

「棟梁のおかみはんに、さしあげてや」

と渡した。

その様子を眺めていた吉兵衛に会釈をしたかえでが、

「師匠のところに挨拶に行ってきます」

と言い残して辞していった。

「かえではん、雲ケ畑に戻って顔が変わったがな。ここんとこ、思い詰めていたよってにな」

と吉兵衛が言い、

「萬吉、おまえは雲ケ畑に戻りとうないのんか」

と質した。

「棟梁、わては男や」

萬吉の言葉に笑みを漏らした吉兵衛が、

「わての家はもはや萬吉に説明せんでもええな。一族は代々生まれも育ちもこの京の白川端や。そんでな、故郷を持っとる萬吉たち弟子が羨ましいときがあるがな。今日のかえではんを見たら、生まれ在所はええもんやと改めて思うたわ」

「棟梁、わてもそう思います。けどわては未だ半人前の大工や、雲ケ畑に戻るより棟梁のもとで働くのんが好きなんや」

「かえではんにはかえではんの生き方があるか」

「そないやと思います」

「萬吉、おまえはもう半人前の大工やない。どこに行っても十分一人前の大工として通るがな。この十年、巽屋吉兵衛が手塩にかけた弟子やからな、もう半人前やなんて口にするんやないで。半人前と口にしていたら、ずっと半人前の仕事しかできへん大工になるがな」

と言った。

しばし吉兵衛の言葉を吟味していた萬吉が、

「へえ、もう半人前やなんて言葉口にしまへん」

と返答した。

仙造もかえでの顔を見て、安堵の表情を見せた。

かえでは作業場の模様が変わっていることに気づいた。

「師匠、新しい職人をとらはりましたんか」

「職人か、ひとりで十分や」

と応じた仙造が、

「狭い部屋やがおまえの作業場や、好きなように使うたらええ」

かえではこれまで仙造の傍らで師匠の手先を見つめて手伝ってきた。六畳間に接した板の間の三畳が小さな仕事場に模様替えされていた。

「女房に言われたんや、かえでの思いどおりに働ける場を拵えたらどうや、てな」

「おかみはんがそう申されたんどすか」

「ひろのはな、おまえが髪結にならへんでよかったわ、と言うていたがな」

「どういうことどすか」

「手先は器用やし根気もある。けど、かえでのような別嬪に髷をいじられる舞妓の身になってみい。白塗りしいひんかったら、かえでの前に立てへんと言うてたわ」

「冗談にもほどがおます」

「そやろか。まあ、なんでも手仕事は飽きたらあかん、毎朝、新たな気持ちでな、髷であれ、花かんざしであれ、向き合わんといけん。おまえにはええ手本がおるがな、巽屋のところの萬吉はんや」

「はい、うちのお手本は萬吉あにさんどす」

仙造が三畳間を振り返り、

「明日からあそこでおまえの花かんざしを造らんかえ。師匠のわてはおまえができたというまで決して口出しせいへん、見いもへんわ。それでええな」

「はい、必ず仕上げます」

とかえでが言い切った。

翌朝、仙造が仕事場に出てみると、作業場がきれいに掃除をされてすでにかえでは板の間の文机ほどの大きさの仕事机に座っていた。

「お早うございます」

「お早うさん。気張りや」

その朝からかえでが仕事机の前から離れることは滅多になかった。時折り、手元の花かんざしの材料を揃えて遠くを見つめる眼差しをしばしなすことはあったが、次の瞬間には手作業に戻っていた。

かえでは十二月の花かんざしを正月から順に造っていかなかった。自分の名のもとになった紅葉を最初に造ろうとしていた。

雲ケ畑に戻った折りは、青紅葉だった。だが、かえでは雲ケ畑の色付いた紅葉を事細《ことこま》かに承知していた。西日に照らされた真っ赤な紅葉は光加減で微妙な変化があった。

かえでは十一月の真っ赤な紅葉を背後から光が当たる感じにして、赤紅葉の枝に小鳥のシジュウカラを止まらせ、いまにも飛び立つ感じに造り上げた。

師匠の花かんざしは六月のうちわも祇園会も十二月の顔見世のまねきも静止していた。だが、かえでのそれは祇園会の神輿渡御の差し上げや山鉾《やまほこ》の辻廻《つじまわ》しのように小さな花かんざしが動いているように造り上げようとしていた。

十一月の赤紅葉に何日も時を要した。

赤紅葉ができ上がったとき、かえでは花かんざしの材料と道具を花見本多に持ち帰っていいか、と願った。

「かえで、最初に言うたな、好きにしてかまへんと」

と仙造は許してくれた。

かえでは、女将の桂木に断り、早朝に起きて、羽二重を切り揃える下準備をした。各月の花びらを姫糊の上に載せていき、花のかたちになったものを「つと」と呼ばれる台に挿して一日ほど乾燥させる。つぼみをつくり乾燥させた花につけ、平糸で纏める。そんな風におのおのの部材を組み立てる細かい作業が続く。

かえでは花見本多の部屋でなした下作業の部材を仙造の仕事場の板の間で組み上げた。

眠る間を惜しんでかえでは花かんざしに集中した。

茶屋の女将の桂木はそんなかえでの頑張りを黙って見ていた。花かんざしの職人になると告げたとき、桂木はせいぜい半年ほど修業するやろかと胸のうちで推量していた。だが、かえではすでに三年、いや、わずか三年で師匠の仙造から花かんざしを造ってみいとの許しを得ていた。

かえでが作業を始めて十日を過ぎたころ、隣の髪結場から舞妓のまめ花が顔を出した。土間に立ったまめ花が、

「お師匠はん、かえではんに花かんざしを造らせているんやて」

「おお、板の間で仕事してるがな」

まめ花が視線をかえでに向けて、

「厳しい顔してはるが、かえではん、寝てないのと違う」

「いえ、半人前やさかい、余裕がおへんだけどす」

とかえでが応じた。

「かえではんの花かんざし、できたらどないするん」

まめ花が師匠にとも弟子にともつかず聞いた。

「師匠に見てもらいます」

「そんでうまいことといったら、うちらに売らはるんやな」

「まめ花はん、あんたがかえでの花かんざしを髷に飾ってくれるんか」

と仙造が笑みの顔で尋ねた。

「置屋の女将はんに相談してな、つけさせてもらいます」

「かえで、造らん先から客がついたがな」

仙造がかえでに言った。

かえでには返す言葉がなかった。

「師匠、かえではん、頑張ってはります。うち、襟替えの話がありますんや、舞妓の最後にかえではんの拵えた花かんざしを髷に飾りとうおす」

「まめ花はん、おめでとうはんどす」

「かえで、えらいこっちゃ。どないする」

しばし考えたかえでが、

「まめ花はん、生まれはった月はいつどすか」

「かえではん、三月や、菜の花の月どす」

舞妓芸妓の花かんざしは季節のものだ。

「かえではんの花かんざし、いつでき上がるんや」

「師匠に言われた期限は三月後《みつき》どす。うち、それまでに仕上げとうおす」

「大変やな。うち、なんぞ手伝いとうなったわ」

と言い残したまめ花が仙造の作業場を出ていった。


二月後の夜のことだ。かえでが花見本多の部屋で仕事を始めようとしたとき、桂木が、

「かえで、うちの旦那はんが呼んではる」

と呼びに来た。

桂木に伴われて帳場座敷に行くと、そこにまめ花の置屋の女将と、髪結と花かんざし造りの夫婦の三人に、萬吉と茶屋花見本多の主がいた。かえでは、

(これだけの人が集まるやなんて)

と不吉な予感が背筋を走った。

「なんぞ用やと聞きましたが」

「おお、まあ、座りな」

と五郎丸左衛門が、茶屋の花見本多では奉公人とも身内ともいささか違う同居人のかえでに命じた。

「花かんざしの出来はどや」

「初めてのことどす。迷ったり悩んだりしてます」

「今月末が約定の日やそうな、間に合うやろか」

「師匠の命どす、なんとしても間に合わせます」

「その折りや、ここにいはる五人に見せてんか」

と五郎丸左衛門が言った。

かえでは仙造の顔を見た。師匠は仙造だが、祇園界隈で老舗の茶屋花見本多の主は、この場の五人の中で最も力があった。

仙造がかえでに頷いた。師匠が承知したのだ、かえでは、

「承知しました」

と答えざるを得なかった。

「おまえの造る花かんざしが商いにならへんとこの場のお方がひとりでも判断されたときは、かえで、花かんざし造りの職人になるのんは辞めや」

と五郎丸左衛門が淡々とした口調で言った。これまで五郎丸左衛門が無情な言葉を吐いたことはなかった。なにがあったか知らないが、この場の五人は五郎丸左衛門のする話を得心している様子だ。

「旦那はん、承知しました。その折りは師匠のもとを辞して雲ケ畑に戻ります」

とかえでは承諾せざるを得なかった。

しばし一座をなんとも言い難い沈黙が支配した。再び五郎丸左衛門が、

「舞妓のまめ花はんが襟替えして芸妓になる日がひと月後の吉日に決まったそうや」

と話柄を転じた。

舞妓が芸妓に出世するのは一大行事だ。かえでは、

(なぜかような場でこの話が持ち出されるんやろか)

と思ったが、まめ花の置屋の女将に、

「おめでとうさんどす」

と祝いの言葉を告げていた。

五郎丸左衛門が続けた。

「この話はまめ花はん当人からの注文やそうな。舞妓から芸妓になる祝い事を前にして髷飾りの花かんざしをかえでに頼みたいとまめ花はんは言うてはるんやそうな。むろん今月末、かえでの造る花かんざしを師匠の仙造はんやわてらが見て、この花かんざしならば祝い事に値する飾りものや、太鼓判を押す出来やと認めた折りのことや」

かえでは、えっ、と驚きの声を出して一座を見回した。

まめ花がさようなことを置屋に願ったとは、芸妓まめ花と花かんざし職人のかえでのふ

たりの今後を左右する大事だった。

「旦那はん、どないなことでございましょ」

「かえで、まめ花はんの期待に応えんといかん。その前に師匠のお墨付きをもらわんとあかん。舞妓まめ花はんの最後の日を飾る花かんざしを造りぃな、まめ花はんのため、己のために死に物狂いで頑張ることや」

とこれまで一言も言葉を発さなかった萬吉が言った。

しばし瞑目したかえでに仙造が、

「かえで、かえでばかりやない、こたびのことでは、師匠のわても試されているのや。祇園甲部にとってまめ花はんの願いは今後わてらが生きていけるかどうかがかかったこっちゃ。これまでかえでがわての技を見てきたことやなんかをすべて出しきったとしても、まめ花はんと置屋はんに応えられるかどうかの難しい試練やで」

と言った。

かえでは両眼を見開くと姿勢を正して、

「ご一統様、お受けさせて頂きます」

と言い切った。

最後のひと月が始まった。

四

京の町に祇園会のコンチキチンの祇園囃子が流れていた。

そんな宵、茶屋花見本多の大座敷に特製の高さ一尺（約三十センチ）、幅一尺三寸（約四十センチ）、長さ一間（約一・八メートル）ほどの黒塗りの長卓がいくつも並べられた。長卓は巽屋の萬吉が棟梁の吉兵衛の指導で造ったもので、素材はむろん北山杉、光沢のある黒色に塗られたものだった。

その前夜、かえでは大座敷に籠り、独り働いた。白絹が長卓にかけられた傍で一夜を過ごした。

雲ケ畑から村長の大江六紅、お茂夫婦に萬吉の父親の千之助が京に出てきて祇園の旅籠《はたご》に泊まった。そして、大坂からかえでの実母の千香とかえでの異父弟、十三歳の菊之助《きくのすけ》と十一歳の由次郎《ゆじろう》も同じ旅籠に泊まることになっていた。

さらに中河郷の銘木商菩提屋の七代目の杉蔵と女房の春乃《はるの》が別の宿に泊まっていた。

巽屋では棟梁の吉兵衛がこの日、弟子たち二十七人に格別に休みを取らせた。なんとも珍しいことだった。

「萬吉、本日はなんぞ祇園会の催しか」

と巽屋の大工頭の壱松が質した。弟子たちは花見本多に出向くことになっていた。

「へえ、なんとのう、わては察してます。けど、それ以上のことはその時の楽しみにしておくれやす、頭」

と答えた萬吉だが、なぜ棟梁が弟子たちすべてを花見本多に呼んだか、萬吉には分からなかった。ともかく、萬吉も知らぬ曰くがあると思った。

壱松は萬吉が巽屋の跡継ぎになることを薄々察していた。十代目の吉兵衛が、入門したその日から萬吉に「英才修業」を施してきたのだ。

「萬吉、茶屋の花見本多から長卓の注文を受けて、おまえが拵えたな。あの長卓と関わりがあるのんか」

「さて、どうでございましょう。棟梁かてあの長卓がなんの催しに使われるのか知らへんのと違いますか」

「頭、祇園会の集いに使われるのと違いますやろか」

と壱松に続く二番手の古株鉦次郎《かねじろう》が問答に加わった。

「ううーん」

と唸った壱松が、

「なんとのう、違う気がするがな」

と言い、

「今日はな、普請場の落成の折りに着るお仕着せの半纏《はんてん》やぞ」

と棟梁の衣装が作業着でないことを告げた。

むろん萬吉はかえでがこの三月渾身の力を振り絞って造った花かんざしとあの長卓とには、なんらかの関わりがあると思っていた。が、そのことが巽屋を休みにしてまでのものとは、どうしても考えられなかった。

萬吉はもはや巽屋で十年の修業をしてきた。だが、大工一同が上から下まで休むなど一日としてありえなかった。

祇園の旅籠では雲ケ畑の大江夫婦と大坂から遅く着いた千香とふたりの男の子がいっしょに朝餉を食した。

「村長はん、お久しぶりでございます」

と千香が雲ケ畑の二人に挨拶した。

「お千香はん、元気そうやな。このふたりはあんたの子どもやな」

「はい、さようどす」

「ということはかえでの異父弟になるか」

お千香が頷いた。

「あんたが雲ケ畑を去って長い歳月が過ぎたがな。岩男はんも亡くなった。そんでかえでをうちに預かって、何年か前に京に修業に出ていったわ。雲ケ畑も変わったで、ときに雲ケ畑に倅をつれて遊びに来《き》いな」

大江六紅がなにかを乗り越えたといった、さっぱりした口調で言った。

「村長はん、本日はかえではんの花かんざし造りと関わりがある集いでっしゃろ。お茂はんから知らされましたんや。あてらがかような集いに出てええかどうか迷いましたが、不義理をした償いやと思うて大坂から出てきましたんや。村長はんの言葉を聞いて、近い日に雲ケ畑に寄せてもらいます」

千香が言った。

「わてらもなにが行われるのんか、よう知らんのや。千之助はんの三男の萬吉はんとかえでがなんとか一人前の職人になったという催しと違うやろか」

そんな話があって雲ケ畑の大江家、千之助、それに千香親子がいっしょに祇園の茶屋花見本多を訪ねると、巽屋で十年の修業をしてきた萬吉が、

「ご一統様、ようお出で下さいました」

と自信に満ちた顔付きの宮大工として一同を表口で迎えた。

表口を入った広い座敷にはなんと白地の浴衣姿の舞妓芸妓十二人の、艶やかな姿があった。だれもがかえでと親しく付き合う舞妓芸妓だった。

巽屋の職人衆二十七人がふだん会うことのない舞妓や芸妓や置屋の女将たちのいる座敷の廊下に、どうしていいか分からないという戸惑った表情で固まっていた。そこには髪結のひろのの姿もあった。

「ひろのはんの御亭主の弟子の催しかいな」

置屋のおかあはんのひとりが花見本多の桂木に聞き、

「うちもよう知らされてまへん。うちは座敷を貸しただけや」

と桂木が答えた。そして、

「皆はん、お待たせ申しました。二階座敷に上がっとくれやす」

と桂木が一同に声をかけ、舞妓芸妓衆や女衆たちが先に二階に上がり、宮大工の巽屋の男衆が遠慮げにあとへ続いた。

老舗の茶屋花見本多の広間の床の間に、凜とした寒椿の白い花が一輪飾られていた。祇園会を前に冬場の椿がと、一同が訝しく思った。さらに広座敷のあちこちに季節の花々が活《い》けられていた。

「祇園会の神輿洗いが直ぐやがな、どないして秋口や冬や春の花があるんやろ」

「四季折々の花や葉の同居を見たことおへん」

と言い合った。

床の間から少し離れた場所に花かんざしの師匠の仙造と女弟子のかえでが一同を緊張の面持《おもも》ちで迎えた。

広間には十二の長卓があり、白絹がかけられていた。

一同が思い思いの場所に座したとき、琴のゆったりとした調べが始まり、仙造が緊張気味に口を開いた。

「ご一統様、日ごろから皆々様にお世話になってます花かんざし職人の仙造と弟子のかえでにおます。わてら裏方の仕事人がかような晴れがましい場にてご一統様をお迎えするなんてことは生涯に一度あるかないか、いえ、まずおへん。

こたび弟子のかえでがわての許しを得て花かんざしを拵えました。わてらがかような晴れがましい披露をするのはどうしたもんやろかと迷いましたが、お茶屋はんの花見本多はんの旦那はんと女将はんに勧められてかような場を設けました。まだ一人前の弟子とも言えまへんかえでの花かんざしを見ておくれやす。師匠のわてからお願い申します」

一同が頷き、床の間の寒椿に眼をやった。花見本多と同業の茶屋一力の女将が、

「祇園会を前に白い寒椿やなんて珍しおすな、いや、座敷を季節の花々が飾っておるがな。

どうしたこっちゃ、仙造はん、これ、あんたの仕事か」

と仙造に質した。

「へえ、一力の女将はん、ご一統はんに申し上げます。近《ちこ》う寄って見ておくれやす。あの花々はすべて本物やおへん。かえでが拵えた造り花どす」

仙造の言葉に一同から驚きの声が上がった。そして、あちらこちらの花を見て、

「ほんまや、造りもんやで、ようできとるがな」

「うち、この白椿が好きやわ、凜とした玉椿や」

と舞妓や芸妓衆の間で大騒ぎになった。

ひとしきり騒いだあと、桂木の声が広座敷に響いた。

「ご一統様に申し上げます。うちら夫婦、五郎丸左衛門と桂木がまだ幼い萬吉はんとかえでのふたりと出会《でお》うたんは十年以上も前、北山の京見峠どした。正しく申しますとうちだけがこのふたりと杉坂の御神水の前で出会うたんどす。

その瞬間、うちは十二歳の男の子と六歳の娘のふたりと生涯関わりが続く出会いやと感じましたんや。なんとも不思議な出会いどしたわ。そのあと会った亭主の五郎丸左衛門もそう感じたようでした。その日、初めて会うた歳も違う四人が昼餉を食して別れましたんや。再会の約定をしてな。何年もの歳月が流れたにもかかわらず、文のやり取りを通じて

こうして絆は、縁は深まりました。

萬吉はんは宮大工の棟梁十代目の巽屋吉兵衛はんの弟子に、かえではうちに住んで仙造はんを師と仰《あお》ぐ花かんざしの職人になりましたんや。

あの折りから何年が過ぎましたやろ。かえでも萬吉はんを見倣うて、修業してましてな、仙造はんが、そろそろとおまえの花かんざしを造ってみんかと、許したんが四月《よつき》前やったそうな。

かえでは悩んだ末に、生まれ在所の北山の雲ケ畑に戻って、未だ技も経験も拙《つたな》い己の花かんざしの創意を得たようどす。うちらも師匠の仙造はんも床の間に飾られた花を見ただけで、花かんざしはまだ見てまへん」

と桂木がしばし言葉を止めた。

「かえでは、未だ一人前の花かんざしの職人とは言えまへんやろ。かえでの造った花かんざしを見て、『これな、ちょっと違うのとちゃう。こないしたほうがええがな』『この花かんざしはうちらの髷に飾れまへん』と正直な気持ちを告げて花かんざし女職人のかえでを励ましておくれやす。それが修業中の職人にはなによりの励みの言葉になりますよってな」

と言葉を添え、

「かえで、一言挨拶しいや」

　とかえでに命じた。

　かえでは下座に身を移し、その場に座して両手を突き、

「かえでにございます。花街のことも祇園の習わしもなんも知らんと舞妓芸妓はんの花かんざしの職人になりたいと、師匠の花かんざしを見て生意気にも決めた在所もんどす。そんなうちに師匠が『おまえの花かんざしを造ってみい』と申されたんは、先行きものになるかどうか案じてのことやと思います。

　うちのあにさんの萬吉が北山杉に物心ついた折りより接していたように、うちも北山の四季の花々に接して生きてきました。技も経験も足らんことばかりやと思うてます。師匠が申されたようにお笑いぐさに未熟《みじゅく》もんの花かんざしを見て、意見を言うておくれやす。お願い申します」

　と頭を下げたかえでが襟替えをするというまめ花の手を引くと一つの長卓の前に座らせた。そして、白絹をさっと払った。菜の花の花かんざしが置かれているのを見たその瞬間、

「ああー、これがかえではんの造った花かんざしか」

　とまめ花が感動の声を漏らした。その卓には襟替えになる前の舞妓最後の日の髪を飾る菜の花のあれこれが置かれていた。

「うちが初めてかえではんの花かんざし造りをちらりと見た折り、菜の花を造ってはりましたな」

「はい、まめ花はんが舞妓から襟替えして芸妓に出世しはる折りに使ってもらおうとあれこれ造りました。不満があれば言うておくれやす、いくらでも手直しします」

と言ったかえでが、

「いと乃《の》はんは竜胆《りんどう》の季節の生まれや、こちらがいと乃はんの竜胆づくしどす」

「え、うちの花かんざしも造りはったん」

「ふだん親しく付き合うてくれはった舞妓はん、芸妓はんの十二か月がこちらにおます。祇園感神院のしだれ桜は、美月《みつき》はんを思うて造らせてもらいました」

と十二の卓に飾られた十二人の花かんざしのあれこれを披露した。

花見本多の広座敷に花畑が満開に咲いた。それは師匠の仙造の造る花かんざしとは明らかに異なる髷飾りで若い感性が造り上げた品の数々だった。むろん技量は比べようもない。

「おお、祇園の十二か月が十二組、艶やかにあるがな。どや、仙造はん」

と巽屋の十代目吉兵衛が質した。

「短い修業の歳月によう頑張りましたわ。まめ花はん、どないや、舞妓の最後、襟替えの折りに飾りたいと思いますやろか」

「師匠、うち、床の間の白椿が挿しとうおす」

「うちは桔梗がええわ」

「祇園会のお祭りの景色や」

と舞妓芸妓が言い合って花見本多の広座敷がにぎやかに華やいだ。

「こないな数の花かんざし、どないするんや」

と置屋いそのの女将が質した。

「ご一統はん、見習い弟子のうちが作ったものどす。師匠のお考えはのちにたんと聞かせてもらいます。皆はんの苦言や喜ぶ顔がうちのこれからの励みになります。どうか生まれ月の花かんざしをお持ち帰りやす」

とかえでが言った。

「え、ただで配りはるんどすか」

「お代を頂戴するほどのものではおへん。このこと、師匠には許しを願うてます」

十二人の舞妓や芸妓が大喜びの歓声を上げた。

「おおきに、かえではん」

「まめ花はん、襟替えの白椿、改めて造らせてもらいます」

賑やかに女衆がかえでの造った花かんざしや飾り花を手にして持ち帰った。

そんな一同を仙造とかえでが花見本多の表口まで見送った。巽屋の弟子衆は花見本多の勝手口から作業場に戻っていった。

「どないな気持ちどす、お千香はん」

と広座敷に残った千香にお茂が言った。

「うち、なんも言えまへん。ようもかえでを皆はんが育ててくれはりました。お礼を申します」

と生みの親の千香がお茂に答えて、涙を隠すように両手をついて頭を下げた。それを見ていた吉兵衛が、

「かえではん、えらい仕事をしはったんと違うか」

とひとりだけ棟梁に付き添って残っていた大工頭の壱松に問うた。

「わて、びっくりしましたわ。わずかな月日にあないな数の花かんざしを造っていたやなんて魂消《たまげ》ましたわ。仙造はん、えらい持ち出しやで」

「違うな、あの師匠と女弟子の背後には花見本多の旦那はんと女将はんが控えてはるがな。この道具立てはそやないとできへん。あの舞妓、芸妓はんらが口伝えに仙造はんと女弟子の花かんざしを広めてくれるがな。商い上手やで、違いますか。花見本多の旦那はん」

「棟梁、わてはなんも知りまへんな。祇園の商いは女衆の持ち分や」

「わてら、男衆は祇園会の手伝いどすか」

「まあ、そういうこっちゃ」

と吉兵衛と五郎丸左衛門が笑い合った。

雲ケ畑から出てきた面々はただ言葉もなく茫然《ぼうぜん》としていた。

「棟梁、花見本多の旦那はん、わてはあのふたりの五年後が見えますわ」

と中河郷の銘木商七代目の杉蔵が言った。

「ほう、どないな景色やろな」

と吉兵衛が問うた。いや、己の気持ちを確かめるように杉蔵に質した。

「おふたりはんの胸の中にある光景や」

「そうか、そないな話になるやろか」

「なりますわ。杉坂の御神水はんの前で女将の桂木はんとふたりが出会うた折りからのさだめどすわ」

と杉蔵が言い切った。

終章

祇園の女衆を見送った仙造とかえでのもとに萬吉が姿を見せた。

「師匠、お疲れはんどす」

「疲れたんはわてやない、かえでや」

と言いながら、仙造の疲れた表情には喜びが見えた。

「あにさん、これでよかったんやろか」

かえでが萬吉に質した。

「まめ花はんは襟替えやが、かえでは未だ舞妓のまんまや。修業はこれからが本式やで」

「へえ、分かってます」

と応じたかえでが、

「師匠、今後も宜しゅうお願い申します」

と頭を下げたところに二階の階段から仙造の女房の結髪方ひろのが姿を見せて、

「あんた、ええお披露目《ひろめ》やったやないか。あてら裏方に光が当たるやなんてまずおへん。それをな、成し遂げるとは、かえではんは運を持っとるがな、そやろ、萬吉はん」

「おかみはん、わては磨丸太と過ごす一生どす」

「そんで、かえでは花かんざしを造りながら花見本多の女将の跡継ぎになるんと違うか」

「そんな話がありますんで」

「萬吉はん、あんたはんにもなんぞええ話があるのと違うか」

「知りまへんな」

と応じた萬吉を、

「あにさん、うちらは修業の途中やろ」

「そや、そういうこっちゃ」

と応じながら萬吉の胸の中には、岩男おじの水守仕事をヤマといっしょに眺める幼い折りのかえでの顔や光景が浮かんだ。

「もうすぐ神輿洗いや」

と仙造が呟いた。

萬吉もかえでも京での修業と暮らしがこれからも続くと、覚悟を新たにした。

どこからともなくコンチキチンと祇園囃子の稽古の音が聞こえてきた。

光文社文庫

文庫書下ろし／長編時代小説
出絞《でしぼ》と花《はな》かんざし
著 者　佐《さ》伯《えき》泰《やす》英《ひで》

2021年6月20日　初版1刷発行

発行者　鈴　木　広　和
印　刷　萩　原　印　刷
製　本　ナショナル製本

発行所　株式会社 光　文　社
〒112-8011　東京都文京区音羽1-16-6
電話 (03)5395-8149　編　集　部
8116　書籍販売部
8125　業　務　部

ISBN978-4-334-79201-5　Printed in Japan

組版　萩原印刷

佐伯泰英の大ベストセラー!

吉原裏同心シリーズ

廓の用心棒・神守幹次郎の秘剣が鞘走る!

(一) 流離 『逃亡』改題
(二) 足《あし》抜《ぬき》
(三) 見《けん》番《ばん》
(四) 清《すが》掻《がき》
(五) 初花
(六) 遣《やり》手《て》
(七) 枕《まくら》絵《え》
(八) 炎上
(九) 仮《かり》宅《たく》

(十) 沽《こ》券《けん》
(十一) 異《い》館《かん》
(十二) 再建
(十三) 布石
(十四) 決着
(十五) 愛憎
(十六) 仇《あだ》討《うち》
(十七) 夜桜
(十八) 無宿

(十九) 未決
(二十) 髪結
(二十一) 遺文
(二十二) 夢幻
(二十三) 狐《きつね》舞《まい》
(二十四) 始末
(二十五) 流《りゅう》鶯《おう》

佐伯泰英「吉原裏同心」読本
光文社文庫編集部編

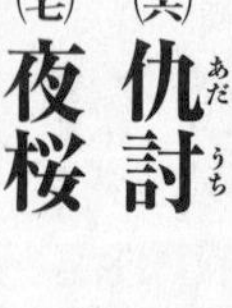

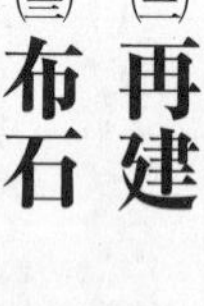

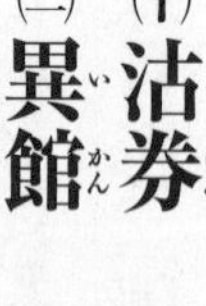

光文社文庫